LA LÉGENDE

DE

VERSAILLES

DU MÊME AUTEUR

POÉSIE

HISTOIRE, CRITIQUE LITTÉRAIRE, BEAUX-ARTS

LA LÉGENDE

DE

VERSAILLES

1682-1870

PAR

HENRI BLAZE DE BURY

TROISIÈME ÉDITION

Revue et augmentée d'une Préface et d'un Épilogue

PARIS

LIBRAIRIE ACADÉMIQUE

DIDIER ET Cie, LIBRAIRES-ÉDITEURS

35, Quai des Augustins, 35

M DCCC LXXVI

A M. GEORGE DE MONBRISON

A vous l'indulgence en personne,
L'homme de savoir et d'esprit,
A vous ce petit livre écrit
Dans Trianon, un mois d'automne.

Un scrupule qui, je soupçonne,
Doit être vrai, pourtant me dit
D'épargner ici l'érudit
Que l'histoire à fond passionne;

Comment au lecteur avisé
Des grands Mémoires du passé,
A cet écrivain sans faiblesse,

Envoyer ce livre, pourquoi?
S'il a quelque chose de moi,
Il ira seul à votre adresse.

Biarritz, janvier 1876.

PRÉFACE

C<small>E</small> *livre devrait s'appeler* L<small>ES</small> R<small>EVENDI</small>-
CATIONS DE L'H<small>ISTOIRE</small>.

*Nous eussions craint ce titre ambi-
tieux; pour des vers, c'eût été vouloir trop prouver,
et cependant, en écrivant ces strophes, l'idée nous
revenait sans cesse, s'imposait. Nous habitions alors
Versailles, — séjour bien malgré nous prolongé à la
suite d'un cruel accident, — et, dans les promenades si
mélancoliques de la convalescence, la rêverie évoquait le
passé. Seul, errant parmi les vastes galeries du château,
mesurant du pas et des yeux ces attiques du nord et du
midi peuplés des silencieux témoins de plusieurs
règnes, interrogeant ces Parcs, ces Trianons, — nous
revivions les temps d'autrefois, et chaque figure ren-*

contrée au tournant d'un bosquet, surprise sous un arbre, nous parlait d'événements auxquels elle avait assisté, tantôt simples, familiers ou romanesques, tantôt politiquement tragiques et dont le siècle d'aujourd'hui a vu se dérouler sous ses yeux les dernières conséquences :

Songe au Palatinat, Louvois, rentre en toi-même.

C'était l'entretien recueilli, mystérieux, d'un âge avec l'autre, comme dans ces peintures de Cornélius et de Kaulbach, où les Vivants, reconnaissables à la touffe de gazon vert que leurs pieds foulent, causent avec les Morts qu'une pâleur vague, élyséenne, vous signale.

Le hasard, dans l'histoire, n'existe pas ; l'histoire a sa logique implacable : rien n'est fortuit, rien n'est aveugle.

« Je poursuivrai le crime des pères dans leurs enfants et leurs petits-enfants, et jusque dans leur septième génération. » Parole terrible d'un Dieu vengeur, que le Testament de l'histoire moderne confirme par vingt exemples !

L'événement, la catastrophe d'aujourd'hui, ont leur source au delà des siècles. Remontez les courants ;

cherchez, et souvent vous découvrirez; souvent aussi
vous perdrez votre peine, ce qui prouvera tout simplement que la source se dérobe et que vous l'avez
mal cherchée. Tout en ce monde n'est que revendi-
cations et représailles : la justice marche, avance à
pas sûrs, arrive tard quelquefois, mais elle arrive,
inexorable, sourde aux implorations, et frappant ses
victimes avec le calme et la rigide majesté que la nature met dans l'accomplissement de ses lois.

Quel intérêt de pareilles investigations peuvent
avoir, il faut s'y être livré pour le comprendre; c'est
dans le royaume de l'imagination quelque chose qui
ressemble à la recherche des sources du Nil. Entre-
prise assurément moins périlleuse, mais qui, tout en
offrant moins de gloire au voyageur, l'indemnise
encore bien de ses travaux. La méthode a cela de
curieux qu'elle s'applique autant aux événements
qu'aux personnes et aux monuments; il suffit de par-
courir le château de Versailles pour que ce mot
absurde, trop souvent répété : « La Révolution est une
énigme », cesse d'avoir aucun prétexte.

D'énigme, il n'y en a pas l'ombre; nous savons tous
ce qu'elle a voulu, atteint, vengé, fondé; ses erreurs,
ses crimes, ses conquêtes, nous les connaissons : à de-

faut des livres, les murailles, les jardins, parle-
raient.

. *Mais que dis-je? Versailles fait le sujet même de*
ce volume, sa légende se retrouve à chaque page;
regardons autre part, prenons le Temple.

Oui, le manoir féodal construit sous Louis VII, la
forteresse moyen âge qui de 1309 à 1794 vit se passer
tant de choses dont les corrélations mystérieuses vous
épouvantent.

— Le Temple des Templiers et de Philippe le Bel,
de Louis XVI, de Marie-Antoinette, du dauphin de
France et de Madame Élisabeth!

Dernièrement, au sortir d'une lecture du Cours de
Villemain, *—. livre admirable, qui remue toutes les*
idées du siècle, sans but mesquin ni tripotage et n'a
certainement point son pareil dans la critique fran-
çaise, — l'envie me vint de connaître une tragédie jadis
fameuse, intitulée LES TEMPLIERS. *La tragédie était*
médiocre et ennuyeuse, j'aurais dû m'y attendre :
« oh ! les classiques français, imitateurs d'imitations
successives! » Mais elle me fit relire l'ouvrage histo-
rique de Raynouard sur le même sujet et qui vaut
beaucoup mieux.

J'étais sur le chemin de Michelet, c'est-à-dire en
trop bonne voie pour m'arrêter; puis ce fut la CHRO-

NIQUE DE SAINT-DENIS, *à laquelle succédèrent bientôt
les récentes études publiées en Allemagne par les
Soldan, les Wilhelm Havermann, les Johannès
Scherr, et de cet ensemble de leçons se dégagèrent
pour mon enseignement particulier certains faits dont
je me promis de profiter à mesure que l'incident du
discours m'amènerait à fournir la preuve de cette
loi partout présente.*

Écoutons d'abord ce récit, nous conclurons ensuite.

I

Nous sommes au commencement du XIVe *siècle
(1306-1307). L'immense tour carrée, principal bâti-
ment de l'Ordre, terminée depuis peu, s'élève hors de
l'enceinte de Paris, sur des marais situés derrière la
porte Saint-Antoine, résidence fortifiée du Grand Précepteur de France. Le Temple, avec ses remparts, ses
fossés, ses donjons, sert de siége à l'Ordre religieux
et militaire des Templiers; là se tiennent les Chapi-
tres généraux des divers établissements installés de ce
côté-ci des Alpes; là demeurent, passent et sont héber-
gés par centaines, les soldats frères et servants, milites,*
f ratres et commilitones.

Philippe le Bel ne hait point ce lieu féodal; au contraire, il s'en fait, dans l'occasion, un refuge, et c'est à ces murailles imprenables qu'il vint encore naguère demander un asile contre les bourgeois de sa bonne ville de Paris poussés à bout par la dévorante rapacité d'un roi toujours en humeur de frapper de nouveaux impôts et de battre de la fausse monnaie.

Trop contents de lui offrir aide et protection contre la révolte, les Templiers avaient même usé de leur grande influence sur ses fidèles sujets pour les lui ramener à l'obéissance. Le roi ne l'oubliera point ; et, comme un bon office en vaut un autre, il s'empresse de conspirer la perte de l'Ordre avec le pape Clément VI, sa créature.

Les Templiers possédaient en France d'immenses biens, Philippe le Bel les convoitait, et d'ailleurs ce fondateur déterminé et sans scrupule de l'unité nationale ne pouvait voir que d'un mauvais œil le développement d'une corporation de plus en plus riche, puissante, et menaçant de former du jour au lendemain une de ces rivalités politiques si redoutables qu'on nomme un État dans l'État, Imperium in Imperio.

L'argent manquait absolument; les impôts, les persécutions contre les juifs et les autres exactions financières à l'usage du temps, avaient épuisé leurs res-

sources. Paris, la Normandie, se soulevaient, et le
fier monarque, traité de faux monnayeur par son
peuple, en était réduit aux concessions.

Sans pécule, les coffres vides, quand au dehors il
eût fallu semer l'argent ! Comment faire ?

Le Temple était là sous la main, ce Temple dont
les possessions domaniales couvraient le sol de la
France et dont la maison de Paris regorgeait d'or.
Philippe, l'obligé de l'ordre, son débiteur, n'en gui-
gnait ses trésors que plus ardemment.

Décréter d'accusation, frapper isolément quelques
membres ? moyen critique, insuffisant. Exterminer
en masse valait mieux, surtout si l'on mettait en
avant le cas d'hérésie, qui de droit entraînait la confiscation.

Agir ainsi, c'était commettre un grand crime devant l'histoire, un crime que l'histoire — notons cela
dès à présent — ne devait point oublier ; mais Philippe
avait dans la politique le prétexte sinon l'excuse de
sa conduite.

Quant au Souverain Pontife, défenseur-né de la
Corporation et l'ayant jusqu'alors déclarée irrépro-
chable et recommandée à l'édification des âmes, on
peut croire que force lui fut de céder aux injonctions
réitérées d'un maître. Le spirituel dut fléchir devant

le temporel, et nous savons par Villani et par les ar-
chives du Vatican que s'il eut des hésitations et des
lenteurs, il n'en tint pas moins tous ses engagements
envers le pouvoir qui l'avait appuyé et ne continuait
à l'appuyer qu'à cette condition. Clément VI ne brillait ni par le caractère ni par les mœurs; nous l'avons
vu, dans notre étude sur Laure de Noves[1], mener la
fête au palais d'Avignon et se damner le plus allé-
grement du monde en compagnie de la belle Bru-
nisarde de Foix, comtesse de Talleyrand-Périgord,
dépouillant la tiare de ses joyaux et l'effeuillant
comme une rose de Pæstum sur la gorge et les bras
de cette concubine. Élever la voix, fulminer contre
un Philippe le Bel, lui, ce prêtre libertin, énervé de
mollesse, jamais il n'eût osé : n'était-ce pas ce même
précurseur d'Alexandre VI qui, pour prix de son
exaltation au trône pontifical, avait fait remettre au
roi de France un traité secret tout à sa dévotion, avec
des blancs ici et là que Philippe n'avait qu'à remplir
de sa main ?

Le Saint-Père s'en remit à Dieu, et ce qui devait
arriver arriva.

Le 12 octobre 1309, Jacques Molay, que le pape,

1. *Revue des Deux Mondes* du 15 juillet 1874.

sur les pressantes démarches de Philippe le Bel, avait
impérieusement invité à quitter l'île de Chypre pour
se rendre à Paris, où l'attendait sa perte, — Jacques
Molay recevait au Temple le roi de France et sa cour.
Cent quarante et un chevaliers et dignitaires de
l'Ordre, assemblés autour du grand Maître, accla-
maient le monarque; la vaste tour était en fête.

Philippe, rayonnant, joyeux à l'excès, n'avait à la
bouche que paroles affectueuses, et déjà tous ces
hommes qui l'hébergeaient royalement étaient, dans sa
pensée, promis aux flammes de l'Inquisition. Tandis
qu'au milieu des propos de table et des éclats de rire
il trinquait avec Jacques Molay et ses compagnons,
déjà, par toute la France, baillis et sénéchaux, armés
de mandats bien en règle, se préparaient à la terrible exécution du lendemain.

Saisir de ruse ou de force, incarcérer tous les Templiers présents sur le sol de la France, frapper de sé-
questre et de confiscation leurs domaines et trésors
monnayés : tel était l'arrêt porté d'avance et qui fut
accompli dans sa plus impitoyable rigueur.

A ce compte, ces journées d'octobre devaient mar-
quer parmi les grandes félonies, et nous voyons la
Némésis de l'histoire en ramener le souvenir à quatre
siècles de distance (1307-1791).

a*

. *Les tenailles et les bûchers réservés* in petto *comme,
dons de gracieuse hospitalité! jamais trahison ne fut
plus lâchement ourdie, jamais le serpent des humaines
discordes ne cacha mieux sa tête empoisonnée sous les
. fleurs d'un banquet illustre. La veille, on se félicitait
les uns les autres, on buvait ensemble, et le lendemain.
Philippe les livrait tous, pieds et poings liés, à la justice de son confesseur, le dominicain Guillaume de
Paris,* inquisitor hæreticæ pravitatis!

De quoi les accusait-on?

D'apostasie, d'idolâtrie, d'hérésies diverses! hære-
ses variæ!

. *Un Richelieu s'y fût pris autrement, il eût dit :*

. « *L'orgueil, l'ambition de ces gens-là m'importunent,
leur pouvoir gêne ma politique, et de son bras sécu-
lier les eût écartés.*

*Philippe n'a point ce courage; il charge le Ciel
d'arranger ses affaires temporelles, et tout aussitôt
les commissions ecclésiastiques d'accourir et d'ins-
trumenter :* Calumniari audaciter semper aliquid
hæret.

*Encore la sorcellerie, les incantations diaboliques,
le chat cabalistique, l'Idole à triple face qui donne le
salut et la fortune, l'Androïde magique qui fait en
plein hiver fondre la neige, jaillir les bourgeons,*

verdir les arbres et chanter les oiseaux; toutes les
inventions, toutes les folies ayant cours dans ces pro-
cédures.

Et penser que cet arsenal d'infamies aura, quatre-
vingts ans plus tard (1431), à fournir les mêmes
armes contre l'ange le plus pur que le ciel ait envoyé
sur la terre!.penser qu'une Jeanne d'Arc devra se
voir en butte aux mêmes accusations stupides, et que
cet abominable réquisitoire contre la plus belle âme
française qui jamais ait rayonné de lumière et de
vertu, c'est un évêque français qui le prononcera.
Elle aussi, la chaste héroïne, était damnable; elle
aussi avait apostasié : Ipsa fœmina est etiam apostatrix; et son apostasie était, selon un autre accusateur
public de ce temps-là,—il s'appelait Hébert, retenons
bien ce nom, nous le retrouverons en 1794 dans le procès
de la Reine, — son apostasie était d'avoir coupé les
cheveux que Dieu lui avait donnés comme un voile de
pudeur, et revêtu le costume viril[1]. Il serait temps
pour l'Église que cette iniquité maudite fût vengée.
En ce sens, l'œuvre si ardemment poursuivie par
Mgr Dupanloup a glorieuse raison d'être, fut-ce en

---

1. « Ipsa fœmina est etiam apostatrix, tum quia comam, quam
sibi Deus dedit ad velamen, malo proposito sibi amputari fecit,
tum etiam quia, eodem proposito relicto habitu muliebri, vi-
rorum habitum imitata est. » QUICHERAT, I, 117.

plein courant de la libre pensée et des idées modernes.
Jeanne d'Arc plane au-dessus des réhabilitations et
même des canonisations : quand on a pour soi Dieu et
la patrie, on n'a besoin de personne.

> Descendet virgo dorsum Sagittarii
> Et Flores virgineos obscurabit.

Merlin avait prophétisé vrai, et cependant quiconque
respecte la foi, quiconque aime à faire la part du
divin en toutes choses, admirera la verte et superbe
attitude de ce preux bataillant pour sa Sainte contre
les ténèbres du passé et, par un de ces justes retours
de l'histoire sur lesquels nous ne nous lasserons pas
d'insister, travaillant — lui grand évêque catholique
des temps nouveaux, lui prêtre et patriote — à réparer
l'outrage commis en 1433 par un autre évêque. Qu'il
la mette donc au paradis des anges et des saintes, cette
grande vierge et martyre, afin que, le nimbe au front,
les mains jointes sous sa dalmatique d'or constellée de
pierreries, elle prie pour le misérable damné que son
supplice fit jadis archevêque de Rouen par la grâce de
l'Anglais!

II

Ce procès des Templiers reste un des péchés capitaux
de la monarchie française. Même pour cette époque de
superstition et de barbarie, c'est horrible!

La torture, et puis toujours la torture! D'autres
modes d'instruction ces juges-là n'en connaissent point,
et pour arracher un aveu de la gorge d'un accusé,
rien ne vaut en effet les tenailles. Comment nier en
pareil cas? le fer, l'eau, le feu, interrogent, et la
douleur répond à leurs questions. On sait la déposition de cette fillette de neuf ans qui, dans un procès
de sorcellerie, reconnaît que Satan l'a rendue mère.
Divers faits analogues se produisirent. On entendit
un chevalier, au paroxysme de la souffrance, confes-
ser qu'il avait, assistant à la crucifixion, frappé
Notre-Seigneur au visage.

Les exécutions se succédèrent bientôt sans intervalle.
A Paris seulement, cent treize victimes périrent par la
flamme; un même jour, le 12 mai 1310, en vit cin-
quante-quatre monter aux piloris dressés devant la
porte Saint-Antoine et, consumés à petit feu, mourir
en proclamant leur innocence jusqu'au dernier souffle.

Le lendemain vint le tour de Jacques Molay, grand
maître de l'Ordre, et du grand Précepteur de Normandie. Le bûcher s'élevait dans un îlot de la Seine, à
la place où figure aujourd'hui la statue d'Henri IV.
Jacques Molay gravit les degrés d'un pas calme, et
solennellement, devant la mort, affirma son innocence;
puis, le supplice ayant commencé, du sein de l'embra-
sement et de la fumée, une voix sortit, formidable, la
voix de la victime citant le roi de France et le pape
devant le tribunal de Dieu.

L'appel, il faut le croire, fut entendu, car, à peu de
temps de là, Clément mourut à Roquemaure, et dans
la même année, Philippe le Bel, à Fontainebleau, rendit
l'âme (27 novembre 1314)..

Maintenant, voulez-vous un coup de théâtre à la
Shakspeare et comme MACBETH et RICHARD III en
contiennent ? Représentez-vous le banquet du 13 octobre 1307.

Le roi Philippe est assis à table dans la grande
tour du Temple, au milieu de toute cette chevalerie
qu'il va trahir et livrer aux bourreaux. L'écho de la
salle répercute les joyeux devis, les hanaps circulent
et tant de fois s'emplissent et se vident qu'à la fin les
cerveaux deviennent lourds ; une atmosphère nuageuse -

engourdit la pensée; quelques-uns s'endorment, d'autres continuent à causer, mais d'une voix qui peu à peu tombe et s'éteint. Philippe, toujours buvant, rumine ses projets, lorsque soudain à ses yeux l'avenir se dévoile.

O spectacle! Ce Louis XVI qu'on martyrise et vilipende, cette reine de France qu'on insulte jusque dans sa pudeur d'épouse et de mère, cet enfant royal profané!

Sur le mur flamboie une date : 13 AOUT 1792.

Est-ce assez logique, assez fatal? On croirait lire un livre de la Bible, tant la main de Dieu se manifeste.

L'histoire ne radote point, elle se répète, mais en sens inverse. Ici s'est commis le crime, ici le châtiment sera, et cette même tour du Temple, où la royauté a forfait, servira de prison à la royauté expirante.

Le 21 janvier 1793, Louis XVI quitte la tour du Temple pour aller à l'échafaud.

Le 1er août c'est Marie-Antoinette que la charrette y vient chercher pour la mener à la Conciergerie.

Le 10 mai 1794, encore l'horrible charrette, où cette fois monte Madame Élisabeth.

Et le 8 juin 1795, — toujours entre les murailles du Temple, — meurt languissant et rachitique le fils de Louis XVI et de Marie-Antoinette, Louis-Charles, dauphin de France.

III

De toutes ces victimes, Marie-Antoinette fut la seule dont la sombre tour féodale n'ait pas été la dernière demeure. Avant d'atteindre la place de la Révolution, la fille de Marie-Thérèse devait toucher barre à la Conciergerie.

Il semblerait que pour elle, à cette heure-là 1ᵉʳ août 1793, le calice des douleurs eût épuisé son amertume : que pouvait donc avoir encore à souffrir ici-bas l'incomparable affligée, après ce qu'elle avait souffert au Temple? Au sortir de sa cellule, comme elle venait de se heurter le front contre un pilier, une âme compatissante lui demande: « Vous êtes-vous fait mal? »

A quoi la Reine répond :

« Non! Qu'est-ce qui pourrait désormais encore me faire du mal ? »

Elle avait vu périr son mari, dit à ses enfants l'adieu suprême, et la mort était maintenant son seul vœu.

Cependant ses amis ne se découragent pas. De Bruxelles, Mercy-Argenteau cherche à s'entendre avec Danton, et le chef des Girondins prête l'oreille : merveilleux attrait de l'infortune chez certaines femmes que leur grâce innée, leur séduction première jamais n'abandonnent !

Je passe sous silence les anecdotes romanesques : le chevalier de Rougeville et son œillet qui, s'effeuillant, livre un billet dont le gendarme s'empare; mais ce Mirabeau, ce Danton, les deux colosses de la Révolution, les deux monstres, quelle était donc cette Circé qui, sans le vouloir, même contre son gré, les captivait ? « On m'emportera de l'Assemblée triomphant ou en lambeaux ! » Les grands mots sont trop souvent le bouclier derrière lequel se dérobe l'humaine faiblesse. L'argent était pour beaucoup dans cette alliance de l'orateur du peuple avec la cour, qui en doute ? comment aussi douter du charme de la Reine sur ce cœur aventureux et passionné? Quelle scène de théâtre, mieux que cette entrevue dans le parc de Saint-Cloud, nous montrera le triomphe de la femme? Le tribun, dompté, cède au ravissement. — « Madame, quand votre auguste mère accordait à un de ses sujets la grâce de sa présence, elle ne le condédiait jamais sans lui tendre sa main à baiser ! »

Et Marie-Antoinette se dégante et donne à baiser
sa belle main royale à Mirabeau, qui, s'éloignant,
s'écrie :

« Ce baiser-là sauve la monarchie ! »

Hélas, ce baiser-là ne sauvait rien du tout, et ne
prouvait qu'un fait : l'ensorcellement de Mirabeau,
qui dès cette époque avait cessé de comprendre le sens
de la Révolution et que son ivresse portait à s'exa-
gérer ridiculement ses propres forces.

Avec Danton, les choses n'allèrent pas si loin ;
l'homme de toutes les audaces avait assez de politique
pour reconnaître l'inutilité de ce nouveau crime et
pour en mesurer les funestes conséquences au point de
vue révolutionnaire. Mais Danton ne pouvait rien que
par sa popularité, et la cause de la Reine était perdue
dans le peuple. Lui-même, d'ailleurs, se sentait déjà
menacé.

Lasciate ogni speranza voi ch' intrate !

Elle entre à la Conciergerie.

Ici la tragédie va grandir encore. Le Temple nous
a surtout montré le pathétique du tableau ; à la Conciergerie, l'horreur vous saisit, vous enveloppe. Cette
reine de France aux prises avec Fouquier-Tinville,
c'est de l'Eschyle.

Les nuits d'automne sont humides, elle a froid, demande une couverture de laine. Son geôlier, un nommé Bault en référe à qui de droit, et Fouquier-Tinville lui répond : « La guillotine te fait donc envie, que tu oses te charger d'un pareil message ? »

Inventorier tant de misères, de souffrances, à quoi bon ? Il s'agit bien de menus détails à cette heure !

La voilà devant le tribunal, c'est Fouquier-Tinville qui parle ; il l'accuse d'être une Messaline, une Brunehaut, une Frédégonde, une Catherine de Médicis ! et dans sa rage d'insulter la Femme, oublie la Reine, dont, au contraire, le président, résumant les débats et posant la question aux jurés, ne se souviendra que trop.

Bientôt Hébert s'en mêle, et la fureur tourne à la démence, Marie-Antoinette devient une incestueuse Agrippine : « La veuve Capet immorale sous tous les rapports et nouvelle Agrippine, est si perverse et si familière avec tous les crimes qu'oubliant sa qualité de mère et la démarcation prescrite par les lois de la nature, elle n'a pas craint de se livrer avec Louis-Charles Capet, son fils, et de l'aveu de ce dernier, à des indécences dont l'idée et le nom seuls font frémir d'horreur ! »

A cette suprême infamie, l'auguste patiente, jusque-

là calme et résignée, se redresse et lance un cri sublime :

« J'en appelle à toutes les mères ! »

Le tribunal siége en permanence, et pendant trois
jours et trois nuits que la procédure se prolonge, la
Reine — elle n'a jamais mieux mérité ce nom — reste
constamment simple et digne, opposant à l'outrage
comme à la fatigue une invincible fermeté d'âme et
de corps. Enfin, les plaidoiries terminées, les débats
clos, le président adresse aux jurés quatre questions.

Que sont devenus les énoncés scandaleux de l'accusation ?

De Messaline et de Brunehaut, de Frédégonde et
d'Agrippine, plus un traître mot.

Le réquisitoire a fait son œuvre d'abomination, la
politique va faire la sienne.

On se sent presque soulagé; c'est toujours le chemin de l'échafaud, mais du moins balayé des immondices, et la reine de France y peut marcher sans que
sa pudeur en ait à souffrir de nouvelles offenses.

Il est quatre heures du matin, les flambeaux vacil-
lent et pâlissent presque entièrement consumés.

Fouquier-Tinville requiert l'application de la loi,

et le président prononce l'arrêt au milieu d'un silence funèbre.

Marie-Antoinette ne sourcille pas : que lui fait au fond cette sentence ? Est-ce pour disputer au bourreau les restes d'une misérable vie que depuis trois jours et trois nuits elle a déployé tant de courage ? Qu'importe la mort, si l'honneur est sauf ? Muette, elle quitte son banc; rentre dans son cachot et là, écrit à Madame Élisabeth cette lettre admirable qui devait ne point parvenir à son adresse et que la postérité seule a reçue.

Cependant on bat la générale dans les rues, l'heure approche.

« La Reine ne perdit point, la veille ni le jour de son supplice, la passion et l'instinct d'une femme », remarque Mercier dans son NOUVEAU PARIS. Elle change de toilette, dispose un bonnet qu'elle s'ajuste avec soin, après s'être elle-même coupé les cheveux. On entre.

« Monsieur, dit-elle au gendarme, pensez-vous que le peuple me laisse arriver jusqu'à l'échafaud sans me mettre en pièces ? »

Au coup de onze heures, la Conciergerie ouvre sa grille et la victime paraît, les mains liées derrière le dos. Devant la porte, la charrette attend, probablement

la même qui, trois semaines plus tard, conduira au
même lieu madame Roland, la mortelle ennemie de la
Reine.

Elle y monte, à son côté s'assied un prêtre-asser-
menté dont elle a l'air d'ignorer la présence, et devant
elle se tient debout, son tricorne à la main, celui que,
dans ses élans de verve humoristique, l'infâme Hébert
nomme le chambellan de la guillotine.

Une jupe de dessous blanche que recouvre une robe
noire, une camisole blanche par-dessus avec des
bandes noires sur les manches, un fichu de mousseline
blanche sur la poitrine, une coiffe blanche avec des
rubans noirs : — ainsi parée, la Reine traverse les flots
de cette population qui jadis acclama la dauphine. On
arrive. Quelques instants encore et le sacrifice sera
consommé.

Mais jusque dans ces moments terribles la grande
dame prévaudra.

En montant l'échelle maudite, elle fait un faux
pas, marche sur le pied du bourreau et poliment s'en
excuse :

« Pardon, monsieur, je ne l'ai pas fait exprès ! »

Le jour de cette exécution, Robespierre, Saint-Just
et Barère dînaient chez Vénua avec un des jurés du

procès de la Reine. Cet homme raconta divers détails
des séances, et comme il venait de parler des accusations proférées par Hébert :

« Le scélérat ! s'écria Robespierre indigné; ce n'était
pas assez pour lui de la traiter de Messaline, il en a
voulu faire une Agrippine! »

Ce bon mouvement au premier abord vous étonne,
on serait presque tenté d'y ressaisir quelque influence
de cet éternel féminin dont Marie-Antoinette pos-
sédait l'inéluctable sortilége.

Barnave, Mirabeau et tant d'autres avaient cédé au
charme : pourquoi l'incorruptible, à son tour, n'au-
rait-il pas son instant d'émotion ?

Mais non ; dans cet élan de réprobation vengeresse,
l'éternel féminin n'entrait pour rien.

Robespierre croyait en Dieu; l'Évangile, le Contrat social, la Révolution, se disputaient ce fanatique
non moins honnête et non moins incorruptible que
présomptueux et chimérique. Son âme troublée, bou-
leversée, avait de sourdes réactions; l'horreur, alors,
le prenait de son œuvre, et surtout de ces misérables
dont il marchait fatalement accompagné.

Rien ne me dit que, de ce fugitif accès de pitié pour
la victime ne soit pas sorti l'arrêt de mort des scélé-
rats qui venaient de l'insulter. A dater de ce quart

d'heure, les Hébert, les Chaumette, les Anacharsis
Clootz, les Momoro, tous ces fous, tous ces athées
furent in petto décrétés d'accusation ; le prétexte seul
manquait peut-être encore, et ces affreux masques ne
tardèrent pas de le lui fournir en inventant leur culte
de la Raison et ses saturnales.

Robespierre croyait en Dieu, comme Rousseau, son
oracle,— en un Dieu personnel qui l'avait spécialement
créé et mis au monde pour organiser et traduire à
l'état pratique la philosophie du Contrat social. Écarter
du chemin, balayer par la guillotine tout ce qui faisait
obstacle — terroristes athées, et voltairiens de la Gi-
ronde — fut la tâche impitoyable qu'il s'imposa,
convaincu, à l'exemple de tous les fanatiques passés et
présents, que la sainteté du but justifie les moyens. En
d'autres temps, Robespierre se serait appelé Torque-
mada. Un soir, aux Jacobins, Guadet lui reproche d'a-
voir prononcé les noms de Dieu et de Providence, et s'é-
tonne que l'homme qui depuis trois ans a tant fait pour
délivrer le peuple du joug du despotisme puisse ainsi
vouloir le ramener aux carrières de la superstition.

« Seul, avec mon âme, répond Robespierre, comment voudrais-je et pourrais-je soutenir des combats
au-dessus des forces humaines, si je n'élevais mon
âme à Dieu? »

Veut-on maintenant dans cet « homme de la vertu »,
dans ce pédant philosophique, ressaisir l'homme d'ancien régime méprisant la canaille et sachant la tenir
à distance? Aux Jacobins, l'orateur qui monte à la
tribune se coiffe du bonnet rouge, c'est l'usage et Du-
mouriez vient de s'y conformer. Robespierre le rem-
place et va parler, quand un des assistants s'élance et
lui campe sur le chef la barrette réglementaire. Fu-
rieux de l'ignoble contact, et sans tenir compte des
colères qu'il peut déchaîner, Robespierre arrache de
son front le haillon rouge et le rejette avec dégoût.

Poudré à l'oiseau royal, brossé, tiré à quatre épin-
gles, à l'aristocratie du maintien il joignait l'onction
du discours; de là son grand attrait sur les femmes,
qui le suivaient, s'attachant à lui « avec le transport
de la dévotion ».

En faut-il davantage pour comprendre ce mouvement d'émotion et s'expliquer comment cet homme à
qui le bonnet rouge fait horreur et qui ne peut s'empêcher de croire en Dieu, s'indigne à l'idée qu'un misérable tel qu'Hébert ait osé outrager la Femme dans
la Reine?

IV

Et le Temple?

Nous n'en avons pas fini de ce côté.

Depuis le jour où Marie-Antoinette en sortit, la sinistre charrette a furieusement fonctionné : de la Conciergerie au Luxembourg, à Sainte-Pélagie, aux Madelonnettes, aux Carmélites, à Saint-Lazare, que de voyages! combien de fois ces prisons se sont emplies et vidées de nouveau! Dans le sombre donjon, deux victimes attendent encore. Si le Destin les avait oubliées?

Patience! l'enfant agonise, et Madame Élisabeth elle-même aura son tour.

Le 10 mai 1794, la charrette revient et l'emmène.

Les autres avaient pu faillir; mais elle, une sainte, expier! L'immolation en sera plus auguste.

Madame Élisabeth n'a pas une ombre sur la conscience; son esprit fut toujours la rectitude et le bon sens, et quand, le 20 juin, la Reine, entraînant le Roi s'écriait : « Plutôt aller au fond de l'abîme que d'être sauvés par *La Fayette* et les *Constitutionnels!* » elle seule prêchait l'oubli du passé en vue de l'avenir, qu'elle pressentait formidable.

Marie-Antoinette, tant qu'elle fut à Versailles, même aux journées d'octobre, n'eut jamais la sérieuse intuition des événements.

« *Nous ne tomberons jamais assez bas pour en être réduits à cette extrémité de rechercher l'appui de Mirabeau!* »

Pauvre Reine, à qui donc voulait-elle se fier, hélas?

Dans son orgueil, ses dédains, son inconsistance, elle allait appelant, essayant, éconduisant, offensant tout le monde, coquettant avec Mirabeau, repoussant La Fayette, et croyant toujours au fond de l'âme que la monarchie absolue se tirerait d'affaire par la chevalerie de quelques régiments, la cocarde blanche, du vin de Champagne et des chansons :

« *O Richard, ô mon roi!* »

Madame Élisabeth vit venir l'orage, et du plus loin en comprit la portée. Lorsque Mirabeau disait, au sortir de Saint-Cloud : « *Le roi n'a auprès de lui qu'un homme, c'est sa femme* », il se trompait autant qu'un enthousiaste au plein de son insolation peut se tromper.

Le seul homme, c'était la sœur; mais cette sœur

devait naturellement s'effacer, vivre à l'écart de la
politique et se borner à donner des conseils qu'on ne
suivait pas.

Son rôle est l'abnégation, le sacrifice. Elle vécut à
côté; mourut de même, offrant à Dieu sa belle âme
en expiation des fautes qu'elle n'avait pas commises.
fille de Saint Louis, montez au ciel !

Sa mort est presque une légende. Mues d'ineffable
respect, toutes ses compagnes de supplice vinrent spon-
tanément lui rendre hommage au pied de l'échafaud.
Ce fut comme un défilé à Versailles, chacune à son
tour prenait congé de Madame Royale, et la guillotine marquait les temps de ces révérences de cour.
La Chronique ajoute aussi que tous les oiseaux du jardin des Tuileries et des Champs-Élysées chantaient
dans les arbres. Il se peut que le fait soit authentique,
au mois de mai les oiseaux chantent; il se peut égale-
ment qu'il n'y ait là qu'une réminiscence du miracle
qui se produisit à la mort d'une autre Élisabeth,
celle de Thuringe.

S'il était permis de choisir en dehors de l'Église,
des deux Élisabeth quelle serait la vraie sainte?
Énigme facile à résoudre pour quiconque met la candeur céleste, la charité, les vertus simples au-dessus
de ces vertus démoniaques, hystériques, d'un Siméon

perchant 'sa vie en haut d'une colonne, ou d'une princesse de Hongrie recevant le fouet de la main d'un
Conrad de Marbourg, son confesseur.

V

Paris s'est depuis vingt-cinq ans renouvelé, trans-
formé; la vieille Lutèce a déblayé ses carrefours, jeté
bas ses rues infectes, lavé, purgé ses immondices; les
espaces se sont élargis, de grandes perspectives s'éten-
dent à souhait pour le plaisir des yeux et la commo-
dité de la circulation; à chaque pas vous rencontrez,
sous forme de squares, de jolis reposoirs semés de
fleurs et plantés d'arbres d'essences rares; partout de
l'air, partout de l'eau. Le malheur veut que tout
progrès entraîne ses inconvénients, et que les avan-
tages si précieux dont nous jouissons, n'aient pu s'ac-
quérir qu'aux dépens du pittoresque.

Autrefois, une promenade dans Paris était une promenade à travers l'histoire de France. C'est là un mode
d'enseignement auquel il nous faut désormais renoncer.
Un Parisien du temps de la Renaissance ou du temps
d'Henri IV, qui reviendrait aujourd'hui faire un tour

dans sa bonne ville, n'y reconnaîtrait guère plus que
la Seine au pont Saint-Michel. Les quelques monuments qui sont restés debout sur les ruines de quartiers
détruits — la tour Saint-Jacques, par exemple, —
isolés, dépaysés au milieu de ce luxe d'alignement et
de symétrie, en parfait désaccord avec le style de leur
architecture, semblent avoir perdu toute signification
historique.

Vous croyez voir des objets d'art dans un musée et
l'idée ne vous vient pas d'évoquer les événements dont
ces édifices furent témoins : car ces monuments se
rattachaient à l'atmosphère ambiante représentée par
tout un ensemble de constructions qui s'en est allé
sous le marteau des démolisseurs.

Moins épargnée que la tour Saint-Jacques et
moins digne de l'être, — en pareil cas le fait archi-
tectural prime le fait historique, — la tour du Temple
a disparu de la surface de Paris.

Errez, cherchez, vous ne trouverez plus là qu'un
marché à vieilles nippes, lequel même n'a rien su
conserver de sa couleur foraine d'antan, et qui ressemble à toutes les halles, comme la maison que vous
habitez ressemble à toutes les maisons.

Rasée du sol des vivants, la triste et fatale demeure
où se consomma l'agonie de Louis XVI et de sa fa-

mille n'en continue pas moins à projeter son ombre parmi nous. Elle se dresse impérissable, pleine d'a-vertissements et de menaces : Et nunc erudimini, dirait Bossuet.

Éloquence et peine perdues!

Mais si les hommes sont de leur nature oublieux, aveugles et sourds, l'imperturbable Histoire n'omet rien, aucune solidarité ne lui échappe, et sa logique est au fond de toutes les destinées.

LOUIS XIII

I

Albert, Brantès et Cadenet,
Du royal enfant qu'on oublie
Cultivent la mélancolie
Entre les murs d'un jardinet :

Fleur mystérieuse, fleur rare,
Exprès mise là par le ciel
Pour que le trio fraternel
Précieusement l'accapare.

1.

Laissez croître ce blond genêt,
Laissez grandir ce lis de France,
En qui repose l'espérance
D'Albert, Brantès et Cadenet.

A la cour, nul, hormis du Lude.
Ne sait leur nom ni leur état;
D'un village obscur du Comtat
Ils viennent; leur destin prélude.

L'aîné — voyez le doigt de Dieu! —
Est fauconnier, et ce roi blême
Au monde ne connaît et n'aime
Que la chasse au vol, son seul jeu.

Providence! lois infinies!
Ordre des choses! qui le sait?
Le destin fait bien ce qu'il fait,
Mais l'histoire a ses ironies.

Pourquoi suis-je ou ne suis-je pas?
Qu'importe qu'on vive ou qu'on meure,

Si c'est au caprice de l'heure
Que tout se mesure ici-bas ?

Pensée, action, rien ne compte,
Si l'occasion n'a point lui,
Crime hier et gloire aujourd'hui :
Par où l'un descend, l'autre monte.

Quelle part de sang, quelle part
.Faut-il de cendre expiatoire
Pour faire l'humus où l'histoire
Cueille ses palmes au hasard ?

Le crime de l'un sert à l'autre,
Non moins criminel cependant ;
Les catastrophes vont s'aidant,
Après ton tour viendra le nôtre.

« Il faut bien faire un fils aîné ! »
Se dit de temps en temps l'histoire,
Amoncelant l'or et la gloire
Sur tel ou tel prédestiné.

L'écroulement et les ruines
N'émeuvent jamais qui sait voir ;
Jour de haine et de désespoir
Pour Concini, fête pour Luynes !

II

Sous les ifs et les marronniers
Des bosquets du Louvre, dans l'ombre,
Grandit cet enfant pâle et sombre,
Seul entre ses trois fauconniers.

On tend des piéges, on épie
Et la couvée et son départ,
On lit des traités du grand art,
On s'amuse à voler la pie.

Et le jour se passe, et, la nuit,
Après la prière commune,
Sans remords comme sans rancune,
On repose en Dieu, loin du bruit.

Sans remords, j'ai bien dit peut-être,
Mais sans rancune ! où vais-je, moi ?
Sans rancune, ce fils de roi
Sur qui pèse l'orgueil d'un maître !

Sans rancune, cet oiseleur
Qui se nomme le roi de France !
Cette âme sournoise à l'outrance
Qui couvre tout de sa pâleur !

Non, la chasse, quoi qu'on soutienne,
N'a point de charmes assez forts
Pour empêcher que du dehors
La sourde rumeur ne lui vienne.

A travers ses jeux, ses ébats,
Dans l'isolement qui l'accable,
Une voix profonde, implacable,
Lui parle sans cesse et tout bas ;

Voix puissante, sinistre, amère ;
« Suis-je assez lâche, assez honni !

Ces étrangers, ce Concini,
Misérables ! Et cette mère ! »

III

Après une nuit sans sommeil
Il s'est levé, livide, étrange.
Albert dresse un piége à mésange,
L'aube scintille au ciel vermeil.

L'enfant-roi, le monarque imberbe,
Par terre assis sur son talon,
Joue avec un émerillon
Qui dévore un moineau dans l'herbe;

Quand soudain, cinq heures sonnant,
Et le coq chantant sa fanfare,
Brantès, que la terreur effare,
Débusque d'un sentier tournant.

Cadenet le suit, non moins blême
Et non moins éperdu d'effroi.
« Sire, le spectre du feu roi !
Disent les deux frères, lui-même ! »

Louis, que le trouble entreprend :
« Parle, Brantès. — Le ciel se couvre,
Sire, sur les remparts du Louvre,
On l'a vu ! —. Qui ? — Henri le Grand !

— Mon père ! illusions funèbres !
Et tu l'as reconnu ? Poursuis...
— Les gardes, depuis plusieurs nuits,
Le voyaient fuir dans les ténèbres.

« Hier, l'un d'eux que je connais
M'a dit : « Trouve-toi vers telle heure
« A telle place, et que je meure
« Si tu ne vois le Béarnais ! »

— Mon père, dont le corps repose
A Saint-Denis, dans les tombeaux ?

— Ses yeux, ainsi que deux flambeaux,
Brillaient sous sa visière close.

« Il marchait calme, à pas comptés,
Dans son armure de bataille,
Et, blottis contre la muraille,
Nous regardions épouvantés !

— A-t-il parlé? — Parlé? Non, sire.
— Et c'était bien lui?... le feu roi?
Mon père? — Cadenet et moi,
Nous sommes là pour vous le dire.

— A moi son fils, il parlera.
Du ciel ou de l'enfer qu'il vienne,
N'importe ! sa cause est la mienne.
Cette nuit Albert me suivra. »

IV

Fatal, silencieux et morne,
Le Louvre étend son noir profil;
Parmi les nuages d'avril
La lune au ciel montre sa corne.

Le hibou, par l'ombre couvert,
Vient d'endormir ses ritournelles;
Le qui-vive des sentinelles
Retentit au loin et se perd.

Partout nuit et silence. Une heure
Sonne à Saint-Germain-l'Auxerrois,
Puis tout se tait : pas une voix
Dans la séculaire demeure...

Cependant le père et le fils,
Sur une terrasse écartée

Dont la lune baigne, argentée,
Les grillages en fleurs de lis,

Henri-Quatre avec Louis-Treize,
Le linceul et le cordon bleu,
Causent ensemble devant Dieu,
Qui défend que la mort se taise.

Mystères de sang et de deuil,
Secrets de honte et d'épouvante,
Cachés à la clarté vivante
Dans les profondeurs du cercueil,

Énigmes dont l'histoire austère
N'a jamais dévoilé la nuit,
Choses que le crime enfouit,
Et qu'on croit dormantes sous terre,

Non, jusqu'au dernier jugement
Dieu ne veut pas qu'on vous ignore,
Le sépulcre sourd et sonore
Vous rejette confusément.

Tandis que l'humaine science
Vous nie en citant ses témoins,
Vous tachez l'ombre de vos points,
Vous parlez à la conscience.

Spectres que la nuit lâche ou tient,
Voix du tombeau, de la statue,
Dans l'acte qui venge et qui tue,
Qui sait quelle part vous revient?

V

Le coq chante, le ciel s'enflamme
Des aurores du jour nouveau ;
A Saint-Denis, dans son caveau,
Dort le feu roi : paix à son âme!

Mais Louis a rejoint Albert,
Le grand éleveur d'oiseaux rares;
Merle et pinson de leurs fanfares
Remplissent le bois déjà vert.

Un gerfaut perché sur la manche
Du maître, tout à son emploi,
Joue avec le chapeau du roi
Et mordille sa plume blanche.

On les prendrait pour deux élus,
Ce fauconnier et son élève,
L'un à son art, l'autre à son rêve,
Parmi leurs cages et leurs glus.

Tout à coup : « Exécrable engeance !
S'écrie, ému jusqu'au transport,
L'enfant, qui trépigne et se tord.
Ces Florentins ! Oh ! ma vengeance !

« Ces Italiens de malheurs !
Ce laquais et cette sorcière ! »
Et son pied battait la poussière,
Et son œil brillait tout en pleurs.

Puis, après une brève pause,
Pendant laquelle Albert s'est tu :

« Faut-il que je sois sans vertu !
A-t-il repris, et que je n'ose !

« Rien au dedans comme au dehors
Ne se fait que par leurs mains viles :
Ils tiennent mes meilleures villes,
Ils sont maîtres de mes trésors !

« Je suis en bas, eux sont au faîte.
L'époux de la Galigaï,
Il entre, ce rufien haï,
Chez moi son chapeau sur la tête !

« Léonora dans son filet
Tient la reine comme une anguille,
Et ce Concini qui me pille
Me traite comme son valet !

« Dame et marquise, cette mie !
Connétable, ce compagnon !
Et moi, je couche au Louvre ! Non,
C'est trop de honte et d'infamie !

« Souviens-toi, » m'a dit le feu roi,
Dont l'ombre hier m'est apparue,
« Souviens-toi, mon fils, de la rue
« De la Ferronnerie ! » Et moi,

« Pauvre enfant, quand la tombe s'ouvre
Pour me dicter sa volonté,
Dans ce lit tout ensanglanté,
Comme un lâche, je couche au Louvre !

« Cet homme et sa Léonora
M'entourent de leur sortilége,
Et je pleure ! Quand régnerai-je ?
Qui donc enfin me vengera ? »

VI

Luynes, fauconnier exemplaire
Qu'on ne prend jamais en défaut,
A mis en cage son gerfaut.
Sans humeur comme sans colère,

Silencieux, calme et pensif,
Il écoute gémir son prince,
Et taille un morceau de bois mince
Avec la lame d'un canif.

A quoi songe-t-il à cette heure,
Ce dresseur d'oiseaux comtadin ?
Quel rêve l'attire soudain ?
Quel mirage inouï, quel leurre ?

Éternelles ambitions,
Orgueil humain toujours le même,
Convoitise ardente et suprême,
Mobile de nos actions,

De quels pensers démoniaques
N'enflammez-vous pas ses esprits !
« Je prendrai ce qu'un autre a pris,
J'aurai ses cordons et ses plaques.

« A bas ce favori caduc,
Ce coquin dont la France est lasse !

En le tuant, j'aurai sa place;
Il est marquis, je serai duc!

« A mon tour ses commanderies,
Ses honneurs, son luxe enragé,
Tout cet or dont il s'est gorgé,
Sa vaisselle et ses pierreries!

« Mort au traître, vive le roi!
Aide au peuple dans sa souffrance!
Il n'est que maréchal de France,
Je serai connétable, moi! »

Coups de poignard et d'arquebuse
Sont là pour corriger le sort.
Pour que l'un entre, l'autre sort;
C'est le jeu : l'Histoire s'amuse.

VII.

Les yeux vers l'horizon tournés,
Luyne entend Louis qui tempête.
« Sire, dit-il, qui vous arrête?
Vous êtes le maître, ordonnez!

— Ordonner, moi, sans sou ni mailles!
Moi, cet enfant, ce roitelet,
Ordonner! Qui donc, s'il vous plaît,
Va m'obéir? Albert, tu railles.

« Est-ce Brantès, son frère ou toi,
Mon bel oiseleur qu'on renomme,
Qui me déferez de cet homme?
Car s'il ne meurt, je ne suis roi!

« Le temps m'est lourd, l'heure me tarde.
Oh! cet Italien maudit,

Qui le tuera? — Sire, j'ai dit.
Parlez, le reste me regarde.

« Du Hallier y jouera son nom,
Vitry, Sarroque et Lachesnaye
Sont aussi d'avis qu'on essaye;
Sire, il faut vouloir, sinon, non! »

VIII

Vouloir! don terrible et suprême
Qu'en nous le destin seul a mis,
Loi des forts et des insoumis,
Que nul ne trouve qu'en soi-même.

Savoir trancher le nœud gordien,
Se résoudre et ne point débattre,
Mâle vertu des Henri-Quatre,
Dont le roi Louis ne sait rien!

Il est un prince à l'air bizarre,
Dont Shakspeare a peint le portrait,
Et que rappelle trait pour trait
Ce roi de France et de Navarre.

En Danemark, sous notre ciel,
Et de quelque nom qu'on le nomme,
Hamlet, Louis, c'est le même homme,
L'idéal vit dans le réel.

Ame d'angoisses poursuivie,
Les spectres hantent son chevet.
A peine en ce monde, il revêt
Le deuil lugubre de sa vie.

Un meurtre dont tous les échos
S'épouvantent, dans les ténèbres,
Au fond des abîmes funèbres,
A poussé son père, un héros !

Entre sa mère incriminée
Et quelque infâme suborneur,

Dans le Louvre ou dans Elseneur,
A commencé sa destinée.

À l'écart, soupçonneux, banni,
La haine emplit sa solitude,
Toujours Claudius et Gertrude,
Partout Marie et Concini !

A son âme obsédée et terne
Des visions parlent la nuit,
L'ombre du feu roi le poursuit
Sur les remparts, sous la poterne.

D'obscurs compagnons de plaisir,
Mais sains d'esprit et la main prompte,
Le gouvernent sans qu'on les compte,
Guettant l'heure pour le saisir.

Et l'action le sollicite !
Sourds et perpétuels combats !
Hier encore il ne voulait pas,
Il veut ce matin... Il hésite !

Mais Luynes, Sarroque et Vitry
Savent bien où le bât lui pèse ;
Qu'il règne donc, ce Louis-Treize…
Le maréchal d'Ancre a péri !

IX

Ce Florentin maître du monde,
Ce précurseur de Mazarin,
Du haut du trône souverain
A roulé dans la fange immonde.

Ils ont déterré, dépouillé,
Traîné son corps troué de balles,
Ils ont mangé, ces cannibales,
Son cœur sur des charbons grillé ;

Sa femme, politique habile,
La Galigaï, la Dori,
Sur un bûcher, au pilori,
Vient d'expirer, pauvre sibylle !

Pauvre Léonora, qu'hier
Tous saluaient plus bas que terre!
Qu'il règne ce roi solitaire,
Le champ est libre, le ciel clair.

Qu'il règne donc, qu'il émerveille
Les temps nouveaux ouverts pour lui.
Hélas! l'ennui reste l'ennui,
Au lendemain comme la veille.

La faiblesse a beau s'émouvoir,
Au second rang, quoi qu'elle fasse,
Il faut qu'elle rentre et s'efface
Et laisse les autres pouvoir.

Velléité morose et sombre,
Appétit des gens maladifs,
Soubresauts cruels et tardifs
D'un roi qui s'en veut d'être une ombre!

Dans son palais, dans son château,
A Saint-Germain et dans le Louvre,

Toujours voir quelqu'un qui vous couvre,
Marcher dans les plis d'un manteau !

Redevenir après l'orage
Ce qu'on avait d'abord été,
Quand tous vous disent : « Majesté ! »
Se dire : « Mon néant ! » ô rage !

On a mis bas les murs caducs,
A grands frais balayé l'étable,
On a fait Luynes connétable,
Brantès et Cadenet sont ducs.

Mais qu'avez-vous fait pour vous-même,
Sire ? Vous êtes-vous fait roi ?
Ce sang, ces décombres, pourquoi ?
Vous craint-on, si l'on ne vous aime ?

A Concini, mort sous vos coups,
A succédé le grand ministre,
Et vous, ô monarque sinistre,
Toujours inquiet et jaloux,

L'œil éteint, les lèvres pâlies,
Vous errez d'ennuis en rigueurs,
Implacable dans vos langueurs,
Perfide en vos mélancolies!

Car il n'est tyran ici-bas
Plus mauvais que l'homme ordinaire,
Et la douleur rend sanguinaire
L'âme qu'elle n'élève pas.

Infortuné Louis de France,
Pourquoi compter ses vilains tours?
Il a tant consumé de jours
A bâiller sa longue souffrance!

Il eut trop souvent pour appui
L'exécuteur des œuvres hautes;
Mais qui ne pardonne ses fautes
A cet impitoyable ennui?

Envers Chalais il fut atroce:
Il laissa, dur comme un arrêt,

Cette mère qui se mourait
L'implorer au bord d'une fosse.

Mais il avait lui-même, hélas!
L'âme si fort endolorie,
Et sur sa figure amaigrie
Se laissaient voir tant de tracas!

Puis d'un mot on se débarrasse :
« Monsieur le cardinal le veut! »
On condamne parce qu'il pleut;
S'il faisait beau, l'on ferait grâce!

Petite cause, grand effet.
On s'en veut de son infortune,
Et l'inclémence et la rancune
Sont au fond de tout ce qu'on fait.

Ah! vous êtes plus responsable,
Sire, que vous ne le croyez,
De ces destins que vous broyez
Sous vos pas comme grains de sable.

2

Des exemples! mais combien donc
Vous en faut-il, Louis le Juste?
Vous avez du sang jusqu'au buste
Et marchez sourd à tout pardon!

Vos meilleurs amis sont infâmes,
Vous les livrez à Richelieu...
A votre aise, c'est votre jeu;
Mais tuez-les sans épigrammes.

Regarder sa montre tout haut
Quand on sait qu'une mère pleure,
Parler de ce mauvais quart d'heure
Qu'on passe sur un échafaud,

C'est horrible, et l'on n'ose y croire,
Car vous aviez le cœur si bon!
Louis-Quinze, un autre Bourbon,
Terrible dans son humeur noire,

Eut de ces mots qu'un doux ennui
Inspire au cœur de l'homme sage:

« La marquise pour son voyage
Aura mauvais temps aujourd'hui! »

Mais ce maussade des maussades,
Louis-Quinze, au moins fut clément,
Ce splénétique eut par moment
De chevaleresques passades;

Il aima la femme en vainqueur,
En sultan peut-être, n'importe;
Il la voulut de toute sorte,
Il eut des yeux, sinon du cœur...

X

Tandis que ce fils d'Henri-Quatre,
Les demoiselles, Dieu puissant!
Lui font peur; il va rougissant
Devant une gorge d'albâtre!

Tout déconcerte son effort.
Sa main, pour saisir une lettre,
N'ose plonger et se commettre
Dans le chaste sein d'Hautefort...

Fourrager avec des pincettes
Parmi ces roses et ces lis!...
La Vallière verra le fils
Mettre à profit d'autres recettes.

Entre le héros aviné,
Prompt aux attaques, aux batailles,
Et le Salomon de Versailles,
De sultanes environné,

Quel trait d'union que cet homme
Sans passion, ni cœur, ni foi!
Hautefort le charme, pourquoi?
Qu'il parle : que veut-il, en somme?

Quand chez la reine il vient la voir,
Il s'assied en un coin, morose,

Sans dire un seul mot, sans qu'on ose
Desserrer les dents tout le soir.

Ou, s'il parle à cette adorée,
Si galamment il fait sa cour,
Il l'entretient, au lieu d'amour,
De chiens, d'oiseaux et de curée ;

La menace de Richelieu,
Géronte de la comédie !...
Elle, gaîe, altière, étourdie,
Prend la menace pour un jeu ;

Mais le barbon cardinalesque
A l'œil sur le couple amoureux.
Il n'est démêlés si nombreux,
Intermède si romanesque

Dont il ne tienne le ressort,
Selon qu'on le flatte ou l'irrite
Aidant au jeu la favorite,
Ou lui donnant le coup de mort.

2.

Cette fois, la dame est discrète,
Impossible de la gagner;
En ce cas, il faut l'éloigner:
Son Éminence a la main prête.

De cet amant troublé de peurs,
Confit en peines ridicules,
On fera parler les scrupules,
On exploitera les vapeurs;

Et la jeune et rieuse infante
Dont on révolte la fierté
Verra surgir à son côté
Quelque rivale triomphante.

Et La Fayette aura son tour :
La tendre Louise-Angélique
De ce grand roi mélancolique
Un moment connaîtra l'amour.

Elle apprendra ses pénitences,
Ses troubles d'esprit, ses douleurs;

Pour elle il cueillera des fleurs,
Pour elle il rimera des stances.

Elle, à force de l'approcher,
Sentimentale et secourable,
Par cette grandeur misérable
Enfin se laissera toucher.

Puis, quand cette âme affable et douce,
Pleine de candeur et de foi,
Se sera donnée à ce roi
Que tout chagrine et tout repousse,

Le cardinal sortant d'un mur,
Entre la dame et son monarque,
Avec les ciseaux de la parque,
Se dressera sinistre et dur.

Même faiblesse, pauvre sire,
Envers d'Hautefort, la beauté
Qu'il aime avec mysticité,
Et La Fayette, qu'il désire.

Même roman brisé soudain.
C'est, pour la blonde et pour la brune,
A choisir entre l'infortune,
La raillerie ou le dédain !

Hautefort, superbe et coquette,
Ironique et de parti prompt,
Prit la rupture sans affront :
La victime fut La Fayette !

XI

Ses grands beaux yeux pensifs et doux,
Svelte, adorable, enchanteresse.
Avec la reine sa maîtresse
La voilà causant à genoux.

Tout à l'heure, en chapeau de paille,
Et des fleurs plein son tablier,

Elle a remonté l'escalier,
Et la bouquetière travaille.

Dans ses jolis doigts en fuseau
L'œillet se marie à la rose;
Elle trie, arrange, dispose,
Avec un gazouillis d'oiseau.

Anne, qui la regarde faire,
Rêve aux beaux jours évanouis,
Lorsque soudain paraît Louis,
Et tout change dans l'atmosphère.

Le rayon de soleil s'éteint
Qui dansait dans la grande chambre :
C'était juin ou mai, c'est décembre;
Dans les bois nus le vent se plaint.

Le cœur se resserre et s'effraie,
La gaieté s'arrête en son vol :
Ce n'est plus ni le rossignol,
Ni l'alouette... c'est l'orfraie!

C'est la cloche des trépassés,
L'insondable mélancolie.
« Au cloître, au couvent, Ophélie,
Dieu vous réclame, obéissez !

« L'amour d'Hamlet, éclair qui brille,
Illusion sans lendemain !
Laissez-le suivre son chemin,
Allez au cloître, pauvre fille ! »

Et l'on entend gémir un glas,
Et dans cet air frais et sonore,
Tout parfumé naguère encore
D'aubépines et de lilas,

S'exhale, horrible et funéraire,
Pleine de miasme mortel,
Parmi les cierges de l'autel,
L'humidité du sanctuaire.

Aux accents lugubres et sourds
L'orgue mêle sa voix profonde,

. Et l'on entrevoit, loin du monde,
Loin du printemps et des amours,

Loin du ciel bleu, loin de la vie,
Dans un vague sinistre à l'œil,
Cheminer une vierge en deuil,
D'autres précédée et suivie.

Et le morne *De profundis*
Plonge au sein de la basilique,
Menant sœur Louise-Angélique,
Qui fut La Fayette jadis,

Quand sa gloire charmait le Louvre
Au temps des royales amours.
Ainsi s'écoulent les beaux jours,
Ainsi vers la tombe qui s'ouvre

Tout s'achemine, tout s'en va.
La faveur d'un grand roi, délire
Et vanité! Mais qui peut lire
Dans les desseins de Jéhovah?

Allez, chaste visitandine,
Sœur Angélique, allez en paix ;
Cachez sous des voiles épais
Votre jeunesse incarnadine.

Allez gémir, prier sans fin,
Ophélie, en votre oratoire,
Et laissons travailler l'histoire...
La France a besoin d'un dauphin.

LOUIS XIV

1712

I

« J'ai trop régné, j'ai trop vécu! »
Et, branlant sa tête caduque,
Morne, il pleurait sous sa perruque
Les larmes du lion vaincu.

Benoîtement emmitouflée
Dans sa causeuse de Beauvais,
Jaune, grassotte, l'œil mauvais,
La gorge de pudeur gonflée,

La Maintenon[1] au grand vieillard
Faisait vis-à-vis dans la chambre ;
Au dehors grelottait Décembre.
Partout la neige et le brouillard ;

Partout ce deuil expiatoire
Auquel rien n'échappe ici-bas ;
Partout cet immense trépas
De la nature et de l'histoire ;

Partout ces douloureux retours
Cachés au fond de toutes choses !
Printemps d'hier, où sont tes roses ?
Roi de France, où sont tes amours,

Et ces jeunes ans que tu pleures ?
As-tu dans le cœur seulement

1. Voyez, dans le salon du Grand-Couvert à
Versailles, ce beau portrait (qui semble parler) de
dévote bourgeoise si complétement en désaccord
avec la grâce exquise, toute mondaine, de l'émail
de Petitot, et le convenu allégorique du *Baptême
du duc de Bourgogne.*

L'espoir en Dieu, qu'avidement
Tu cherches dans ton livre d'heures?

Salomon! où tes Montespan
Sont-elles? où sont tes armées,
Tes généraux, tes Renommées
Aux ailes vastes d'un empan?.

Où sont tes traits, Phébus superbe?
Roi des rois, où sont tes dauphins?
Dieu, qui connaît l'homme et ses fins,
A fauché les lis avec l'herbe.

Assez de ces *nec pluribus*
Impar, de tout ce train qui piaffe,
Assez d'emblèmes, de parafe,
De gloriole et d'attributs!

O jours d'ivresse et de démence
Évanouis comme un parfum!
Ce grand Olympe de Lebrun
A disparu dans l'ombre immense...

Et de tous ces dieux qu'embrassait
L'universelle idolâtrie,
De cette fantasmagorie
Dont le spectacle éblouissait ;

De cette gloire à grand orchestre
Qui remplissait le vaste parc,
De ces Apollon, dieux de l'arc,
De ces robustes Hypermnestre ;

De ces vainqueurs, de ces héros,
Pour leurs amours d'apothéoses
Épuisant les métamorphoses :
Cygnes, béliers, aigles, taureaux ;

De ces Pan, de ces Méléagre,
De ces Junon dont l'heure a fui,
Voilà ce qui reste aujourd'hui :
Une béguine, un vieux podagre !

Ce cacochyme à l'œil bridé,
Ce nez corbin qui se déploie

Comme un vieux bec d'oiseau de proie,
Ce front sous sa houppe ridé [1],

Ce teint jaune comme la cire,
Cette bouche où manquent les dents,
Cette chair molle aux coins pendants,
Est-ce vous? est-ce bien vous, sire?

Quoi! ce spectre parcheminé,
Ce squelette en sa souquenille,
Ce vieillard maussade et jonquille,
C'est l'Apollon enrubanné

De cette héroïde fantasque!
Le maître auguste et souverain
Dont partout le marbre et l'airain
Vous montrent l'armure et le casque!

Quoi! ce fantoche, ce magot,
Jouet d'un prêtre et d'une duègne,

[1]. Voyez le grand médaillon en relief et à perruque *vraie* conservé dans la chambre à coucher.

C'est le monarque du grand règne,
C'est le modèle de Rigault,

Le danseur de cet intermède
Qui dura cinquante ans, mordieu !
Le Jupiter à cordon bleu,
L'Adonis et le Ganymède !

Le triomphateur sans pareil,
Plastronné devant et derrière,
Et qui, dans sa vaste carrière,
A tant abusé du soleil !

II

Vers lui, Phébus et météore,
Les cœurs se tournaient éperdus ;
Il conduisait à bras tendus
Les fougueux coursiers de l'Aurore !

Et le char, plein de ses chansons,
De ses lauriers, de ses trophées,
Sur les campagnes étouffées
Passait, dévorant les moissons.

A l'éclat de rire immodeste
Se mêlaient parfois des sanglots;
Le dieu, lançant ses javelots,
Poursuivait sa course céleste.

Et l'Élégie aux yeux en pleurs,
Roulant de nuée en nuée,
Allait, mollement secouée,
Aimer, souffrir, mourir ailleurs.

Vanité! le char de lumière
A rencontré sur son chemin
Cet autre roi du genre humain
Qui porte une faux pour bannière!

Et le Temps d'un coup d'aile a tout
Renversé, brisé, mis en poudre;

Mais dans la tempête et la foudre
Phaéton est resté debout !

Il a survécu, triste vie
Vouée aux deuils mystérieux !
Mélange sombre et curieux
Des rois d'Eschyle et d'Isaïe !

Thésée, Œdipe, Agamemnon,
Saül qui se relève et tremble,
Tout cela se fondant ensemble
Dans l'époux de la Maintenon !

Il cause avec Dieu tête à tête,
Règle son compte en bon chrétien :
« Voici le mien, voilà le tien,
A chacun sa peine et sa fête.

« Je conviens que j'ai mal usé
Souvent; je sais que ton Église
Dit : « Malheur à qui scandalise ! »
Et j'ai beaucoup scandalisé.

« Mais ma grandeur fut sans exemple.
Réponds : le méconnaîtrais-tu ?
Mais j'ai prié, j'ai combattu
Pour le triomphe de ton temple.

« J'ai béni ton nom redouté,
Confessé ta gloire profonde ;
J'ai bâti Versailles, ce monde
A l'instar de ma majesté !

« Tu me reproches La Vallière,
Les grossesses de Montespan,
Et mes débauches de sultan
Attirent sur moi ta colère !

« Mais ces péchés dont à tes pieds
J'ai tant pleuré l'ivresse infâme,
Dis, Seigneur, au fond de mon âme
Ne les ai-je pas expiés ?

« Oui, que le malheur me visite :
J'ai trahi ton commandement :

3.

Je fus luxurieux, gourmand,
J'ai vécu comme un parasite,

« Me gorgeant de cent biens divers ;
Partout le seul, partout le maître,
Partout absorbé dans mon être,
Qui rayonnait sur l'univers.

« Mais pour racheter tant de honte,
Tant de crimes par moi commis,
Seigneur, j'ai sur tes ennemis
Fait peser ma main lourde et prompte !

« L'édit de Nantes retiré,
L'hérésie, effroyable plaie,
Disparaissant comme une ivraie,
Du sol par le fer labouré ;

« Les dragonnades, les Cévennes,
L'âme sauvée à travers tous,
Tant d'efforts, de haine et de coups,
Seigneur, sont-ce là choses vaines ? »

III

Dans son fauteuil fleurdelisé,
En proie à l'angoisse suprême,
Ainsi causait avec lui-même
Le grand roi par l'âge brisé.

Monologue tragique et sombre !
Lutte dont vibrait tout son corps !
« Souffrez-vous, sire ? dit alors
La Maintenon sortant de l'ombre.

— Ce n'est rien, madame ! » Et soudain
La duègne se reprit à lire ;
Mais, dans cette tête en délire,
Le monologue allait son train.

Quels pensers mornes et funèbres
L'assaillirent en ce moment ?

Quel spectacle, quel châtiment
L'épouvanta dans les ténèbres ?

Vit-il, du haut de ces sommets
Où la Mort entraîne ses hôtes,
Le poids énorme de ses fautes
Peser sur sa race à jamais?

Au loin, dans la nuit sans étoile,
Sous un ciel tout rayé de sang,
Vit-il se dresser menaçant
Un échafaud qu'un crêpe voile?

On ne sait ; mais il se leva,
Pâle, terrible, atrabilaire,
Et, foudroyant de sa colère
Le ciel où gronde Jéhovah,

S'écria, l'œil cerclé de bistre,
La voix rauque : « C'est inouï!
Après ce que j'ai fait pour lui! »
Puis retomba, calme et sinistre.

L'ABBESSE

I

Dans son fauteuil vert·pomme,
L'abbesse du couvent,
Rêvant,
S'apprête à faire un somme.
Fermant son œil benoît,
Elle ôte de son doigt
Une riche améthyste :
« Cet anneau, sœur Caliste,
Portez-le à qui de droit.

« Qu'il décore l'image
De la sainte à qui j'ai
Songé

Pour un pareil hommage...
Va sans distraction,
O fille de Sion,
Lui porter comme un vote
Cette bague que j'ôte
A son intention.

« Un moment... Sur la route,
Priant près de la croix,
           Je vois,
Mourant de faim, sans doute,
La fille à la Turpin :
Qu'on lui donne du pain !... »
Là-dessus, dame abbesse,
Du voile qui s'abaisse
Clôt les plis sur son sein.

II

Elle dort! un doux songe
Lui montre, radieux,
          Les cieux,
Où sans fin son œil plonge.
Se faisant du soleil
Un escabeau vermeil,
Marie, en cour plénière,
Sous un dais de lumière,
Préside son conseil.

Les anges vont et viennent;
Leurs fronts de nimbes ceints,
          Les saints
Gravement s'entretiennent.
Il s'agit, divin but,
De payer le tribut
D'un acte méritoire

Dont le livre de gloire
Tantôt même s'accrut.

« Très-bien, se dit l'abbesse,
J'arrive au bon moment ;
     Vraiment
Voici qui m'intéresse. »
Et, pour gage plus sûr,
La dame, dans l'azur,
Voit la sainte patronne
Cueillir au pied du trône
Un lis suave et pur

Dont il semble qu'elle aille
Faire, dans le Seigneur,
     Honneur
A quelque illustre ouaille.
« Point de doute, c'est moi,
Se dit avec émoi
L'auguste révérende,

J'aurai donc ma légende,
Quel bonheur pour la foi !

« Et dans notre abbaye
Combien d'*Alleluias*
     Là-bas ;
Quelle gloire inouïe
Que d'avoir dans le ciel,
Sous le nimbe immortel,
Une sainte prieure
Dont on montre à toute heure
La crosse et le missel ;

Et dont un camaldule
Peindra sur parchemin,
     Demain,
La mystique cellule,
Dans un beau médaillon
D'or et de vermillon,
Où, sveltes et bizarres,

S'enroulent des fleurs rares
Tout autour de mon nom !

III

Pourtant, de sphère en sphère,
Un bruit grandit soudain ;
            L'Éden
Nage dans la lumière.
Hosanna sidéral !
A l'orgue triomphal
Sainte Cécile assise
Lentement improvise
Un hymne virginal.

Chantez, saintes musiques !
Dans les airs plus légers
            Neigez,
Lis des jardins mystiques !

Harpes d'or, divins luths,
Ne vous contenez plus ;
Dans la nuée en flamme
S'élève une belle âme
Au séjour des élus !

IV

L'abbesse ici constate
Un mouvement d'orgueil ;
        Son œil
Clignote et se dilate.
« Tous ces *Alleluias*
Pour moi, chétive, hélas !
Çà, l'étrange pensée,
Serais-je trépassée?
Singulier embarras ! »

Et voyant, en personne,
D'un pas rhythmique et fier,

Dans l'air,
La sainte, sa patronne,
Aller avec respect
Faire un salut direct
A l'âme qui s'approche.
La duègne se reproche
Son costume incorrect.

« Sans pallium ni crosse,
Dans le vertugadin
Mondain
Qu'après souper j'endosse,
Je vais faire en entrant,
Sous le dais fulgurant,
Dans la cité divine
Une assez piètre mine,
Peu digne de mon rang ! »

Et tandis qu'à la hâte
Elle va rajustant
D'autant
Ses coiffes et sa ouate,

Les cieux se sont ouverts,
Et parmi les concerts
La nouvelle venue
Foule l'or de la nue
Jonché de rameaux verts.

Suave adolescente,
A la reine du ciel,
            Michel
Archange la présente.
Pauvre enfant du sillon,
Elle a fait d'un haillon
Sa jupe et son corsage ;
Des ronces du voyage
Saigne encor son talon !

V

« Hum ! marmotte l'abbesse,
Ceci m'étonne fort.

D'abord,
Ai-je, dans ma jeunesse,
Eu ce minois transi?
C'est possible, mais si
Quelque chose m'étonne,
C'est de voir ma patronne
Me préférer ainsi.

« Sous cette robe immonde
J'ai peut-être, en effet,
　　　　Qui sait?
Édifié le monde.
Qui m'empêche d'avoir
Alors, sans le savoir,
Fait quelque œuvre bien pie
Dont Dieu me glorifie,
Comme c'est son devoir? »

VI

Cependant, éblouie
Par tout ce dévorant
  Torrent
De lumière et de vie,
Du tourbillon de feu
Qui l'emporte vers Dieu
Dans son onde mouvante,
La nouvelle arrivante
S'est détournée un peu.

Et l'abbesse en délire
Aperçoit, ô stupeur !
  Sans peur
Je n'ose ici le dire —
Non plus son cher profil,
Mais... — cela se croit-il,
Même en une légende ? —

O déception grande !
Un enfant humble et vil,

La paysanne obscure
Qu'aux portes du couvent,
   Souvent,
Sous ses haillons de bure,
Par les froids de janvier,
Elle vit mendier ;
L'humble et triste pécore
Qu'elle assistait encore
Tantôt sur l'escalier !

La vénérable vieille,
Comme un coquelicot,
   Bientôt,
Rougit jusqu'à l'oreille.
« Onc vit-on pareil cas ! »
Ses pieds, ses mains, ses bras,
S'agitent tout ensemble ;
Elle transpire et tremble,
Elle n'en revient pas.

VII

Sainte et pieuse histoire,
Sublime exemple auquel
          Le ciel
A réservé sa gloire ;
Cet enfant ingénu
Qui mendiait pied nu,
Cette pauvre vachère
Avait, famille chère
— Sous un toit inconnu : —

Une aïeule, au visage
Rongé d'un mal hideux,
          Et deux
Jeunes sœurs en bas âge ;
Et sans que son espoir
En Dieu vînt à déchoir,
A la fois infirmière

4

Et courageuse mère
Toujours prompte au devoir,

A la pauvre nichée
Elle apportait soudain
Le pain
De l'offrande cherchée,
Et donnait tout, si bien
Qu'il ne lui restait rien,
Et que travail et jeûnes,
A l'aïeule, aux plus jeunes
Ont pris ce cœur chrétien.

VIII

Voilà pour quelle cause
Le ciel est en émoi,
Pourquoi
S'épanouit la rose
Au mystique buisson,

Pourquoi chaque rayon
Fleurit comme une branche,
Pourquoi brûle et s'épanche
L'urne d'élection.

Pourquoi les tours sublimes
Sur leur divin Thabor,
            Dans l'or,
Illuminent leurs cimes,
Pourquoi s'est étoilé
Le lis immaculé
D'un plus beau diadème,
Pourquoi le soleil même
Exulte, échevelé.

IX

Minuit sonne, l'abbesse
S'éveille en son fauteuil ;
            Son œil
Trahit quelque détresse.

Elle a l'air mécontent,
Grondeur ; sa main s'étend
Vers un électuaire
Qui lui sert d'ordinaire
Comme réconfortant.

Trois fois elle s'en verse,
Puis, remise en état
      Béat,
Dit à la sœur converse :
« Caliste, mon agneau,
Rallume ton flambeau,
Et vite, je l'ordonne,
Va-t'en à ma patronne
Reprendre mon anneau ! »

LOUIS XV

LE PAVILLON DE LUCIENNES

I

« Saute, Choiseul ! saute, Praslin ! »
La nymphe aux oranges, prends garde
A l'œil de Dieu qui te regarde .
Dans ta grotte de kaolin.

En attendant que Dieu labeure,
Le roi Louis travaille seul.
« Saute, Praslin ! saute, Choiseul ! »
Rions au caprice de l'heure !

4.

« Rions; Omphale, à ses genoux,
Voit Hercule qui s'humilie;
Rions, tout est joie et folie,
Les dieux conspirent avec nous!

« Mars à mes appas rend les armes,
Bacchus sur nous tord ses raisins,
Apollon, pour nos clavecins,
Compose des airs pleins de charmes,

« Et Mercure prend son essor
Pour aller, d'une main vaillante,
Au ciel de l'Europe galante
Clouer mon nom, étoile d'or! »

II

En effet, ô magicienne!
Tout sourit à votre destin;
Le soleil de juin, ce matin,
S'est levé si doux sur Lucienne!

Vivez! la nature vous fit
Charmante et d'un si frais visage!
Vivez! qu'importe qu'on soit sage?
Être jeune et belle suffit!

Aux reines la pudeur morose,
La sainte vertu, l'air grognon!
A vous, gentil péché mignon,
Le sourire éclatant et rose!

A vous cet attrait qu'on défend,
Ce regard d'Ève perdant l'homme,
Et pour mordre en plein dans la pomme,
L'émail d'une bouche d'enfant!

Être belle — voyez l'antique —
Est la vertu, la seule loi :
Morceau charmant, morceau de roi!
Honni soit donc qui vous critique!

Honnis soient-ils tous ces pasquins
A la plume insolente et vile,

Ces fabricants de vaudeville,
Ces escrocs, ces gueux, ces coquins,

Rimailleurs de choses abjectes,
Damnés suppôts de Maurepas.
Qui s'en vont poursuivant vos pas
De leurs bourdonnements d'insectes !

Eux, vous ménager ? Vous seriez
Vraiment, comtesse, la première !
Où brille la pure lumière,
Où croissent les sacrés lauriers,

Où fleurit (vous osez vous plaindre)
Sur sa tige un lis enchanteur
Que leur souffle exterminateur
N'ait cent fois essayé d'atteindre ?

Ce Voltaire, singe d'enfer,
Qui vous chante aujourd'hui l'aubade
Et sur votre chemin gambade,
Oubliant ses pamphlets d'hier,

Qu'a-t-il fait de votre grand'tante,
La pucelle de Vaucouleurs ?
Quelle vertu, quel sang, quels pleurs
Respecta sa verve insultante ?

Et vous voulez qu'en bon chrétien
On vous épargne, vous ? Mensonge !
Rêvez, car la vie est un songe,
Et tout est bien qui finit bien !

Qui finit bien ! grave problème
Dont Dieu tient la solution.
Que savons-nous de l'action,
Avant le dénoûment suprême ?

Des profondeurs du bois plaintif,
Des mystères du vert bocage,
Que sait l'écureuil dans la cage
Où l'oiselier le tient captif ?

Il se remue et se travaille,
Tourne et retourne incessamment :

Ainsi de cet oiseau charmant
Dans son gai palais de rocaille.

Bercé par l'aile des zéphirs,
Inconscient, irresponsable,
Aiguisant son bec dans un sable
De diamants et de saphirs,

Du perchoir d'or à la mangeoire,
Et de la mangeoire au perchoir,
Il va, promenant jusqu'au soir
Ce joli rien qui fait sa gloire.

Le maître vient, s'en réjouit,
Et l'oiseau fredonne et minaude;
Pour un baiser, une émeraude,
Un royaume pour une nuit!

III

Elle règne donc et commande
De Versailles à Trianon,
Et tous les amours, à son nom,
Se trémoussent en sarabande !

Car jamais corps plus enchanté,
Plus adorable créature,
De vos chastes mains, ô nature,
Ne sortit pour la volupté !

Pajou sera le Praxitèle
De ce beau chef-d'œuvre accompli ;
Hébé, dans le marbre assoupli,
Apparaîtra, jeune immortelle !

Et pour cet œil d'émérillon,
Dont la langueur rit et badine,

Pour cette joue incarnadine,
Cette bouche de vermillon,

Pour ces roses, pour cette neige,
Cette vie et cette couleur,
Fête de la jeunesse en fleur,
Un Greuze naîtra, son Corrége !

Pompadour, qui régna seize ans,
Eut Watteau, Boucher et Natoire.
A chaque règne son histoire,
Ses peintres et ses courtisans.

A d'autres maintenant la vogue :
Vernet, Fragonard, Vien, Drouais !
Combien sont-ils, — bons ou mauvais, —
Les Raphaëls de cette églogue ?

Sur la laque des paravents,
En camaïeu, sur porcelaine,
Bergère, fée ou châtelaine,
Narine ouverte et gorge aux vents,

Taille qui se cambre et se guinde,
Dans la nue et sous les lilas,
En jupe courte, en falbalas,
Fanchon la Vielleuse ou Clorinde,

Tous ont reproduit tour à tour,
Aimé le gracieux modèle ;
Tous ont voulu caresser d'elle
Ce que l'art dérobe à l'amour !

Mais Greuze en fit, de sa palette,
L'enchantement, l'illusion.
Partout l'aimable vision :
Jeanne fut Chloris et Colette.

Elle fut ce minois exquis
De villageoise déguisée
Que chiffonne dans la rosée
Un Lubin vicomte et marquis.

Elle fut cette fiancée
Des accordailles du hameau ;

5

Elle fut ce divin trumeau :
La Fille à la cruche cassée !

Qui ne l'a vu, ce frais bouquet,
— Lilas, églantine et tulipe ? —
Qui n'a rêvé, moderne Œdipe,
Devant ce sphinx doux et coquet ?

Œil ingénu qu'un trouble voile,
Instant d'oubli mal réparé.
Elle a ri, puis elle a pleuré,
Une ombre a glissé sur l'étoile !

Voyez sous le pli du linon
Cette gorge encor tout émue,
Confusion d'oiseau qui mue,
Étonnement ! repentir ? Non.

On a rêvé, quel joli somme !
Mais il faut rentrer cependant ;
Et cette cruche, autre accident,
Qui s'est cassée on ne sait comme.

Car, hélas! on ne peut nier
Que le grès ne soit en souffrance.
Si cette cruche était la France,
Qu'en dis-tu, Jeanne Vaubernier?

IV

La courtisane en tête-à-tête,
Dans son petit appartement,
Soupe avec le roi son amant :
Tout est en fleurs, tout est en fête.

Tout ce monde brimborion
Éclate au feu des girandoles ;
L'Amour conduit ses farandoles
En jouant du psaltérion.

Les bergers, la flûte à leurs lèvres,
Soufflent un motif du *Devin* ;
Le cristal qu'empourpre le vin,
La vaisselle d'or et de Sèvres

Ont des irradiations
Qui vibrent comme des musiques ;
Les laques et les mosaïques
Étalent leurs profusions

D'oiseaux, de fleurs et de féeries,
Leurs nacres, où file un bateau,
Leurs palais d'azur, dont Watteau
Peupla les sveltes galeries.

Puis, régnant sur le tourbillon,
Brochant sur ces ors, sur ce linge,
La perruche verte, le singe,
Le carlin et le négrillon !

Le négrillon[1], gnome bizarre,
Que le Destin, sombre banquier,

---

1. Zamore, le négrillon tant chéri que Louis XV,
dans un jour d'humeur joviale (mai 1772), nomma
gouverneur du pavillon de Luciennes, avec cinquante louis de gages, ordonnance scellée par le
chancelier de France.

A placé là, sur l'échiquier,
Près de la Dame à la tiare !

Est-ce un valet, un espion,
Un majordome, un porte-queue ?
Près de la Reine rose et bleue
Pour quoi faire ce vilain pion ?

Mais le Destin sait qu'il entame
La partie en bon tacticien,
Et, souriant, ne répond rien,
Laissant le Fou près de la Dame.

Il est ingrat et libertin,
Mais on s'en amuse, on l'attife :
Il a des turbans de kalife
Et des parasols de satin.

Le Bengale, une tragédie,
Ont produit ce monstre à souhait.
Prends ce fils, ô grand Arouet,
L'esprit des temps te le dédie !

Ton Zamore fut le parrain
De cet aimable petit drôle.
Zamore, un joli nom bien drôle,
Fait pour le vers alexandrin !

Chantez la belle Bourbonnaise !
Vivez, riez, faites l'amour :
Tout se paie ! Il aura son tour,
Le nain charmant de Véronèse.

Où vous régnez, il régnera [1].
Quatre-vingt-treize, en sa défroque,
Trouvera bien quelque autre loque
Pour ce moricaud d'opéra !

Il l'habillera, ce fantoche,
En officier municipal :

1. Chacun sait que Zamore devint un des grands
agitateurs du club de Louveciennes et du district
de Versailles. Dans sa déposition contre sa bien-
faitrice devant le comité de sûreté générale, le
drôle s'intitule l'ami de Franklin et de Marat !

Autres temps, autre carnaval !
Mouche noire du rouge coché,

Carmagnole au dos, pique en main,
Il sera l'acteur de la pièce.
Ce négrillon vous met en liesse :
Madame, attendez à demain !

V

En attendant, le roi qui soupe
Regarde Zamore courir,
Et, comme il s'ennuie à mourir,
Au valet le roi tend sa coupe.

L'aï glacé tombe en grésil,
Louis-Quinze boit, boit encore,
Tire un peu l'oreille à Zamore,
Puis bâille et fronce le sourcil.

Langueur, désuétude immense !
Partout se dire : « Eh bien, après? »
Voir la tombe et l'affreux cyprès
Derrière tout ce qui commence !

Sans aimer rien, jouir de tout,
Vivre en désœuvré solitaire,
Fourrager les biens de la terre
Dans l'impuissance et le dégoût !

— Cette enfant est belle : on me l'offre ;
Ce vin est rare : j'en ai trop !
Et l'or va ruisseler à flot
Si du pied je heurte ce coffre !

La gloire? mais je suis le roi,
Et j'ai son illusion bue !
Les honneurs, je les distribue :
Rien n'est qui n'émane de moi ! —

De Versailles à Louvecienne,
Et de Bellevue à Marly,

Il va, triste et le front pâli,
Menant sa lassitude ancienne.

L'action l'entoure, pourtant,
Le siècle à l'œuvre le convie ;
Jamais le flambeau de la vie
Ne rayonna plus éclatant !

Jamais dans un air plus sonore
Ne s'entendit plus grand concert !
Voltaire, Buffon, d'Alembert,
Diderot ! et combien encore ?

Languir dans un pareil émoi,
Mourir d'ennui quand tout veut naître !
« Élargissez Dieu ! » dit un maître ;
Élargissez plutôt le roi !

Dissipez le noir crépuscule
Où sa pauvre âme se confond ;
Faites, en ce château profond,
Que l'air de la France circule !

5.

Vivifiez, assainissez,
Qu'un souffle du dehors l'inonde ;
Qu'il aime quelque chose au monde,
Fût-ce son peuple ! C'est assez.

Élargir le roi ? Téméraire,
Qui prêcherait de tels exploits !
« Élargissez! » disait la voix ;
On le rétrécit, au contraire !

De jour en jour, du ciel ouvert
Il se retire davantage ;
Étiquette, jeu, tripotage,
Menus plaisirs, petit couvert,

Chiffons, pagodes et rocailles,
Retraits étroits où vivre seul :
C'était bon pour le grand aïeul,
Ce vaste palais de Versailles !

Mais lui s'y perd dans l'abandon !
Et c'est pourquoi la Seine bleue

Voit sur ses bords, de lieue en lieue,
Tous ces Choisy, tous ces Meudon.

S'amoindrir, faire la débauche
En gentilhomme libertin,
Vivre avec l'amour clandestin
Qu'on épouse de la main gauche.

Encor s'il trouvait à ce jeu
Quelque illusion, quelque ivresse
Qui de sa machine en détresse
Remontât le ressort un peu!

Mais non! l'abattement livide
Aux courts plaisirs a succédé;
Ses sens à peine ont maraudé,
Que son âme retourne au vide!

Empoisonneur du sang des rois,
Locuste en jupe violette,
Fleury, lève-toi, vieux squelette,
Évêque de Fréjus, et vois!

Comme ce saint Bonaventure,
Qui, mort, défunt et trépassé,
Pour finir l'œuvre commencé
Se levait de sa sépulture,

Lève-toi, prêtre, du tombeau,
Et viens contempler ce mirage !
Voilà ce qu'a fait ton ouvrage
De cet enfant vermeil et beau !

Voilà ce qu'aux mains de tes Gesvres
Est devenu ce blond Louis,
Né dans les lis épanouis,
L'azur aux yeux, le miel aux lèvres !

VI

Tout à l'heure il est apparu,
Presque joyeux pour une altesse ;
Svelte et mignonne, la comtesse
Vers lui, par les fleurs, a couru.

On eût dit un père et sa fille!
Lui, calme, un peu haut, l'air Bourbon,
Superbe, mais aimable et bon;
Elle, caressante et gentille!

Dans les aubépines en fleurs
Vocalisait l'oiseau nocturne;
La cascade, épanchant son urne,
A la chanson mêlait ses pleurs!

Loin de sa remise égarée,
La biche bramait aux abois,
Et, plus leste qu'un daim sous bois,
Plus svelte, mais moins effarée,

L'aimable reine du logis,
Ramenant son prince à l'alcôve,
A bondi dans sa robe mauve,
Ses doigts par les fraises rougis,

Et pour ce roi que rien ne touche,
Cueillant à foison, sans cesser,

Fleurs et fruits que dans un baiser
Elle lui tend avec sa bouche.

Ils sont rentrés! Le frais recoin
Les a reçus. Louis et Jeanne
Ont un moment, sur l'ottomane,
Causé, badiné sans témoin!

Puis, en rajustant sa coiffure,
Saisissant l'heure du berger :
« Eh quoi! sire, — d'un ton léger
A dit l'adorable figure, —

« Eh quoi! sire, vos yeux n'ont rien
Vu de neuf dans cet ermitage?
— Non, vraiment. — Cherchez davantage.
Allons, allons, regardez bien

« Sur ce panneau qui nous fait face,
Parmi mes Teniers, mes Vanloo...
— En effet, un nouveau tableau...
— Que j'ai pour vous, à cette place,

« Mis tout exprès, sire : un Van Dyck,
Dont je veux, moi, votre servante,
Que sous vos yeux, toujours vivante,
L'œuvre vous soit un pronostic !...

— Un pronostic ? — Oui, salutaire,
Un avis formel du devoir...
— Et le sujet ? Peut-on savoir ?...
— Charles Premier, roi d'Angleterre !

— Ah ! celui que son parlement...?
A dit le roi d'une voix sèche.
— Oui, sire, et rien ne vous empêche
D'attendre un pareil dénoûment !... »

Comme Louis allait répondre,
Zamore, en pourpoint jaune et vert,
A lancé ces mots : « Le couvert ! »
Et Lucienne a remplacé Londre.

VII

N'importe! sur le tendre azur
A glissé l'ombre solennelle;
L'entretien ne bat que d'une aile,
Des points sanglants jaspent le mur.

Vainement l'oiseau continue
Son frais et charmant gazouillis,
Un vent de mort courbe les lis,
L'orage gronde dans la nue.

Louis, qui boit pour s'étourdir,
Fredonne : « Il pleut, il pleut bergère! »
Fausse voix, gaîté mensongère,
D'un cœur qui ne sait rebondir !

Le néant a repris sa proie,
La vision fut un éclair ;

Ce grand seigneur de si bel air,
Ce gentilhomme en bas de soie,

A talon rouge, à cordon bleu,
Tout parfumé d'iris et d'ambre,
Qui tout à l'heure, en cette chambre,
N'était que tendresse et que feu,

A soudain pris, noir phénomène,
Cette mine d'enterrement.
On dirait, pour l'accablement,
Thésée écoutant Théramène.

L'ennui, l'irrémissible ennui,
L'invincible ennui le gouverne!
Plus rien dans cet œil gris et terne;
Ce qu'il veut, il l'ignore, lui!

Ou plutôt il le sait, mais n'ose;
« Saute, Choiseul! saute, Praslin! »
Dit en jouant d'un air malin
L'aimable fée aux doigts de rose!

Et, tandis qu'elle raille ainsi,
La jolie et galante idole,
Lançant, comme une mousse folle,
Sa verve au nez du roi-souci,

Le moricaud de Véronèse,
Le gnome pervers et bourru,
Dont les affreux instincts ont crû,
Contemple la scène à son aise.

Tout marche, et voilà cette fois
Qu'au flambeau du temps qui s'approche
Le carnavalesque fantoche
Juge des peuples et des rois !

« Pourquoi ce gaspillage infâme
Quand la misère est à côté?
Pourquoi ce régal effronté ?
Que vaut cet homme, et cette femme ? »

Et sous le rideau de lampas,
Caché comme un tigre en sa jungle,

Singeant la du Barry qui jongle
Avec les pommes du repas,

Il dit, rêvant à d'autres fêtes,
A d'autres banquets inouis :
« Saute, Jeanne ! saute, Louis !
Après les oranges, les têtes ! »

MADEMOISELLE DENISE

(PARC AUX CERFS)

La voilà, l'aimable fée,
Attifée
Pour l'auguste séducteur !
Rien n'y manque ; la toilette
Est complète,
Et le coup d'œil enchanteur !

« Mon éventail, dame Marthe,
Que je parte,
Le carrosse est là, je croi,

Et monsieur Lebel qui monte...

J'aurais honte

De faire attendre le roi ! »

En effet, dans une honnête

Maisonnette,

Louis, morne et soucieux,

D'un regard que l'ennui voile

Suit l'étoile

Qui tremblote au fond des cieux,

Étoile si bienvenue

Dans la nue,

Que tous invoquent beaucoup,

Et qui, voyez le mystère !

Sur la terre

Plaît au berger comme au loup.

Ce soir, c'est le loup qui guette.

La coquette

Vient au piége qu'on lui tend.

L'ogre, qui sent la chair fraîche,
Se pourlèche,
Et presse l'heureux instant...

Mademoiselle Denise,
En marquise,
Ferait trembler Pompadour.
Est-elle assez triomphante,
Cette infante,
Dans son radieux atour !

Ces diamants, ô merveille,
A l'oreille
De quelqu'un sorti de rien !
Tout cet appareil qui brille
Pour la fille
D'un brave homme mort sans bien !

D'un vieux qui tenait boutique
Sous l'attique
Du château, près des degrés,

Vendant pour quelques cruzades
Ses pommades,
Son fard et ses gants ambrés !

Il est vrai que cette fille
Sans famille
Est un trésor défendu,
Un fruit précoce où l'aurore
Seule encore
De ses baisers a mordu ;

Une de ces tant exquises
Gourmandises
Dont le goût met en émoi,
Et que le diable en personne
Vous façonne
Pour un déjeuner de roi.

Lebel, qui — mignonne et blanche —
Un dimanche,
L'accosta sur le chemin,

S'est dit : « Celle-ci doit plaire !... »
Grande affaire,
Connaître le cœur humain !

Et depuis l'habile drôle,
A son rôle
Tout entier avec amour,
Travaille à se rendre utile,
Et la style
De mieux en mieux chaque jour.

Elle se prête au manége :
Le dirai-je ?
On n'a pas pour rien quinze ans.
D'ailleurs, comment éconduire
Qui fait luire
Tout cet or, tous ces présents ?

Marthe et Méphisto : l'épreuve
N'est point neuve,
Et toujours réussira.

Le serpent et sa commère!
          Point de mère;
Bien forte qui ne choira.

Un roi si chevaleresque,
          Un dieu presque,
Dont partout est le portrait!
Grande dame, villageoise
          Ou bourgeoise,
Ne point l'aimer qui pourrait?

On touche à l'heure suprême;
          Le soir même,
Jupiter, dans son réduit,
Attend en veste légère
          Sa bergère,
Que Mercure lui conduit.

Elle arrive et vite grimpe
          Vers l'olympe
D'un pas furtif et jaloux.

Mons Lebel, qui la conseille,

A l'oreille

Lui glisse trois mots bien doux :

Le programme de la fête;

Puis seulette

L'enferme dans un boudoir,

Sanctuaire de sultane,

Très-profane,

Dont le mur n'est qu'un miroir.

Au plafond, à chaque place,

Une glace;

Dans ces fouillis rococo,

Partout le cristal qui vibre

A l'œil libre

Comme un indécent écho.

Ce spectacle, chose étrange,

Soudain change

En regrets l'émotion :

La voilà toute confuse
Qui refuse
De croire à l'illusion.

Elle, enfant toute novice
Dans le vice,
Pâlit devant ce cristal,
Qui ricane et répercute
De sa chute
L'éclat honteux et fatal.

Cette beauté qui miroite,
Nue et moite,
Sous son regard interdit,
L'insulte et la calomnie;
L'ironie
De tous ces feux l'assourdit.

Tête éprise d'un beau rêve,
Fille d'Ève,
Cœur enivré seulement,

Elle a son premier scrupule,
        Et recule
Devant le scintillement.

Elle eût, dans un coin modeste,
        Je l'atteste,
Cédé, la main sur ses yeux ;
Mais se voir, nue et séduite,
        Reproduite
Par ces murs licencieux !

« Que me veut cette éhontée
        Galatée,
Qui, de miroir en miroir,
Partout grimaçante et proche
        Me reproche
Tant de honte où j'ai pu choir ?

Moi, cette dévergondée !
        Quelle idée !
Cette montreuse d'appas,

Moi, Denise ? Ma parole,
  J'étais folle,
Je ne me reconnais pas !

« Diamants, plumes d'autruches,
  Fanfreluches,
Au démon cet appareil !
Qu'on me rende, fille honnête,
  Ma cornette,
Mon aiguille et mon soleil ! »

Vintimille, la Tournelle,
  Filles Nesle,
Dont on rêvait le destin,
Et vous, la régnante idole,
  D'Étiole,
Qu'on détrônait ce matin,

Glorieuses favorites,
  Vos mérites,
Vos gloires, votre splendeur,

6.

Lui font horreur à cette heure,
Elle pleure...
Un reflet fit sa pudeur !

VÉNUS A LA COQUILLE.[1]

Dans le parc de Versailles
Désert,
Parmi les antiquailles
Se perd

Un marbre blanc et rose,
Bijou
Signé, je le suppose,
Coustou.

[1]. Voir, en descendant de la grande terrasse, à gauche, le marbre intitulé : *Vénus à la coquille*, et goûter délicatement ce fin morceau, après s'être mis sous l'invocation de sainte Jeanne-Antoinette Poisson, marquise de Pompadour.

Coysevox, Praxitèle,
Houdon,
De qui donc ne tient-elle
Un don ?

Cette adorable fée,
Ainsi
Par tous les goûts coiffée,
Ici.

Antique, Renaissance,
Chaque art
A pris à sa naissance
Sa part ;

Délicieux pastiche,
Trésor,
Passé dont on s'entiche
Encor !

O nymphe à la coquille,
Tout doux !

On n'est pas plus gentille
    Que vous.

Mais comme tant de marbres
    Jolis,
Égarés sous les arbres
    Vieillis

Du grand parc de Le Nôtre,
    Hélas !
Vous n'avez rien de vôtre :
    Vos bras

Sont grecs, votre visage
    Français,
Tout chez vous est image,
    Essais ;

Vos poses elles-mêmes,
    Tenez,
Sont motifs sur des thèmes
    Donnés.

Et pourtant que de grâce!
Qu'il est,
Dans tout ce qu'il embrasse,
Complet,

Ce chef-d'œuvre de pierre,
Joyeux,
Où danse la lumière
Des cieux!

Le regard s'extasie,
Séduit,
Par cette fantaisie,
Et suit

Jusque dans son intime
Contour,
Le doux marbre qu'anime
L'amour.

Ce corps d'enchanteresse,
Divin,

L'attire et l'intéresse,
    Sans fin.

Cet idéal l'amuse,
    Lui sied,
Il connaît cette muse,
    Ce pied,

Ces bras, ce fin visage
    Qui ment,
Et tout ce badinage
    Charmant,

Ce sein dans sa plastique
    Beauté,
D'après la coupe antique
    Sculpté;

Ce jarret de Diane
    Si plein,
Ce cou d'une reine Anne
    Boleyn;

Cette bouche où l'abeille
Baiser
Vient, sonore et vermeille,
Poser.

Bouche de favorite,
Et non
De Vénus Aphrodite,
Mignon

Et frais bouton de rose
Éclos,
Dans ce vieux parc morose
Et clos.

Délicieux mélange
D'attraits,
Art curieux, étrange,
Tu sais

Par quel attrait, quel charme,
En tout,

L'élégance désarme
Le goût;

Et laissant l'art qui tente
Les dieux,
N'en veux qu'au dilettante
Oiseux,

Et lui parles rocailles,
Joujou,
École de Versailles,
Pajou,

Bergers, tendre musette,
Chanson,
Et Vénus-Antoinette
Poisson!

CHANT D'OISEAU

(DANS TRIANON)

Un maître en l'art du nombre
Errait sous la grande ombre
Du bois,
Lorsque de la feuillée
Jaillit, tout emperlée,
La voix

D'un linot qui déploie
Sa roulade à cœur-joie
Dans l'air.

« Tout beau, dit le poëte,
J'aime ce chant de fête;
  Cet air

« Me paraît plein d'idées;
Dactyles et spondées,
  Divin !
Chiffrons sur ma guitare ! »
Mais l'oiseau : « Fou bizarre,
  En vain

« Tu poursuis ta marotte;
Dieu ne veut point qu'on note
  Mon chant.
Je ne suis pas poëte
Plus que la pâquerette
  Du champ;

« Je n'ai dans ma fanfare
Dièse ni bécarre;
  Mon art,
Chétive créature,

D'aucune tablature
Ne part.

« Je ne suis qu'un infime,
O poëte sublime,
O roi ;
Mais, si tu te proposes
De savoir quelques choses
De moi ;

« Si tu tiens à connaître
Le virtuose, ô maître,
C'est dit ;
Quitte la haute sphère
Et consens à te faire
Petit. »

LA REINE

I

Le feu, la pique et le marteau
Ont forcé toutes les armoires;
Les satins, les velours, les moires,
Couvrent la place du château.

Quelle cohue et quel spectacle!
On enterre la royauté.
Partout le peuple est en gaîté,
C'est le grand jour de la débâcle!

Le jour entre les jours prédits,
Le jour fameux, le jour suprême
Où le peuple se décarême
D'un long passé de vendredis.

Puisqu'elle est morte, joie insigne!
La royauté de droit divin,
Nous allons vendanger son vin
Et dévaster un peu sa vigne!

Huit cents ans près elle a vécu!
Elle a trépassé, bonne dame!
Que le diable donc ait son âme,
Et le chiffonnier son écu!

Hier, *le bourgeois* et *la bourgeoise*,
Avec leurs enfants ahuris,
Ont été conduits à Paris.
L'émeute féroce et grivoise

Aujourd'hui ravage leur toit.
La rage et l'insulte à la bouche,

On pille l'alcôve et la couche ;
On rit, on pousse, on hurle, on boit.

On souille surtout, on se vautre !
Chacune saute avec chacun,
Puis on fait danser les Lebrun
Sur les terrasses de Le Nôtre !

Les Boulle aussi, les Lesueur,
Les Coustou, volent en cadence !
Il faut que tout le monde danse
Lorsque le peuple est en sueur !

Par les balcons et les fenêtres
Sautez, fauteuils et traversins ;
Dans l'eau stagnante des bassins
Disparaissez, bustes des traîtres !

En pièces donc les cabarets
Du Japon, — à sac les richesses !
A la lanterne les duchesses,
A la flamme leurs tabourets !

Ici l'émeute dévalise,
Pille, saccage, ouvre son bal;
Là le pouvoir municipal
S'assied, saisit et verbalise!

Pillage en haut, encan là-bas!
La boutique et le champ de foire
Dans ce palais où votre gloire,
O grand Louis, prit ses ébats!

II

Du fond de vos apothéoses,
Roi-Jupiter, roi-Jéhovah,
Regardez comme tout s'en va
Et ce que deviennent les choses!

Regardez, et peut-être bien
Que dans cette immense défroque
Vous trouverez quelque breloque
Du siècle capitolien!

Quelque relique familière
De Saint-Cyr ou de Trianon,
Une coiffe de Maintenon,
Une boucle de La Vallière !

La plume qui signa l'arrêt
Qui révoqua l'édit de Nantes,
La bague aux flammes rayonnantes
Dont votre doigt se décorait

Quand, pour déjouer la surprise,
Volage amant, fragile époux,
Vous demandiez un rendez-vous
Pour la nuit prochaine à Soubise¹.

Regardez, sire, tout se vend;
Vos soleils ont éteint leurs disques,
Et voilà de vos odalisques
La pantoufle qu'on jette au vent!

1. Quand le roi désirait un rendez-vous de Mme de Soubise, il mettait un diamant à son petit doigt ; si elle l'accordait, elle mettait des boucles d'oreille d'émeraude. (SAINT-SIMON.)

7.

Louis-Quinze, morne et funèbre,
Flânant tantôt de ce côté,
Tranquillement s'est arrêté
Pour voir la fête qu'on célèbre.

De magasin en magasin,
L'œil glacé, le visage pâle,
Il a traversé cette halle
Comme un bourgeois, comme un voisin.

Arrivé devant une échoppe,
Une Manon à l'œil narquois,
Tirant avec ses jolis doigts
Un bijou de son enveloppe :

« L'éventail de la Pompadour !
A-t-elle dit. — Êtes-vous folle ?
Je n'en veux pas pour une obole;
A d'autres, mignonne, et bonjour ! »

Et dans la tempête profonde
A disparu le vieux seigneur.

Que lui fait à ce promeneur
L'écroulement de tout un monde ?

Ce vacarme et ce désarroi
Sont jeux pour son indifférence ;
Il oubliait déjà la France
Jadis, quand il était le roi !

Pourquoi viendrait-il, à cette heure
Où ses destins sont révolus,
S'attrister de ce qui n'est plus ?
Le trône a fait son temps, qu'il meure !

« Que m'importe le lendemain !
Rien ne me fut ma vie entière ;
Aujourd'hui dans ce cimetière
Je passe la canne à la main ! »

III

Mais vous, ô monarque superbe,
Vous qu'on peut maudire et railler,
Mais en qui nul ne peut nier
Que la France n'eût mis son verbe,

Vous qui n'avez jamais plié,
Nature puissante, infléchie,
Vous, au sort de la monarchie
Indissolublement lié !

Qu'avez-vous dit, majesté grande ?
Quelle horreur en voyant cela
Du sein de votre Walhalla,
Versailles que l'on vilipende,

Versailles dégradé, flétri
Dans ses retraites les plus chères,

Tous vos trésors mis aux enchères,
Tous vos portraits au pilori !

A tant cette chaise percée
Où le grand roi, le roi-soleil,
Trônait dans le simple appareil,
Devant une cour empressée !

Cette perruque de gala,
Ce jabot de rare guipure,
Où peut-être une larme pure
Des yeux de Madame coula.

A tant ces vieux fonds de culottes,
Cette mitre et ce goupillon !
A qui les veut ce cotillon,
Ces pastels et ces bergamotes !

Ce céladon, ce cordon bleu,
Ce ciboire dont les hosties,
Ouvrant leurs ailes, sont parties,
Papillons envolés vers Dieu !

Spectacle affreux, leçon suprême,
A vous mettre le rouge au front !
Encor si l'insulte et l'affront,
Sire, n'atteignaient que vous-même!

Mais cette femme, ô roi héros,
Cette victime expiatoire,
Que les crimes de votre histoire
Accablèrent d'un poids si gros !

Quelles larmes d'Ecclésiaste,
Vous oubliant pour une fois,
N'avez-vous pas dû, sur sa croix,
Répandre à cette heure néfaste!

J'ai lu dans un auteur ancien
Ou moderne, — le fait n'importe, —
Qu'un père, sa fille étant morte,
Douta qu'un tel deuil fût le sien.

Immobile et comme de pierre,
Livide, le poil hérissé,

Sur ce jeune corps trépassé
Il fixait sa morne paupière.

Il voulait pleurer, ne pouvait ;
La douleur tordait ses entrailles ;
Il conduisit les funérailles,
Puis revint s'asseoir au chevet.

Et ce fut alors, à la vue
D'un pauvre soulier trouvé là,
Que la source des pleurs coula,
Profonde, abondante, imprévue.

Ainsi votre cœur dut saigner,
Monarque affectueux, honnête,
Devant un chiffon d'Antoinette,
Et votre œil de pleurs se baigner.

Car, si l'orgueil gonflait votre âme,
Il vous fut donné, frère, amant,
D'oublier le roi par moment
Aux pieds de quelque jeune femme.

La faiblesse fut pour moitié
L'attrait de bien des masques roses ;
Sans vouloir du souci des choses,
Vous en avez eu la pitié !

Sensible ? votre cœur auguste
Ne le fut guère, mais humain.
Le malheur, sur votre chemin,
Vous trouvait sympathique et juste.

Et sans jamais vous départir
De ce qu'on se doit à soi-même,
Quand on est un grand roi qui s'aime,
Vous saviez de haut compatir.

« J'ai failli, disiez-vous, attendre. »
Sire, on pourrait presque assurer
Que vous avez failli pleurer
Et jusqu'aux larmes condescendre.

Si le monde vous ignorait,
La Vallière, et surtout Madame,

De ces faiblesses de votre âme
Ont eu peut-être le secret.

Et que furent ces deuils sublimes
Dont Bossuet épouvanté
Poussa le cri — tant répété ?
Que furent ces nobles victimes ?

Même à l'heure où Dieu les frappait,
Leur mort semble une idylle presque
Près de l'atrocité dantesque
De vos destins, veuve Capet !

IV

Veuve Capet ! nom fatidique,
Qu'on croirait de l'Alighieri !
Vous à qui l'aube a tant souri,
Frais bouton d'un lis héraldique !

Vous d'une mère sans égal
La fille adulée et charmante,
Que Mozart enfant complimente
Avec son premier madrigal!

Princesse bonne au pauvre monde,
Ne dédaignant aucun appel,
Entre tous les astres du ciel,
Étoile gracieuse et blonde!

Vous arrivez, et devant vous
Déjà s'amassent les ténèbres,
Et dans les profondeurs funèbres
Grondent les oracles jaloux.

« Autrichienne, qui de la France
Aujourd'hui franchissez le seuil,
Préparez vos habits de deuil,
Et laissez ici l'espérance! »

Parmi la fanfare et les cris,
Les éblouissements magiques,

Comment saisir ces mots tragiques?
Et pourtant ils étaient écrits !

C'était écrit, que l'étrangère,
Vouée aux expiations,
Dans un nimbe d'illusions
Apparaîtrait blanche et légère;

Qu'elle aurait la fierté des rois,
L'élégance et l'étourderie,
Et cet esprit de moquerie
Dont sur le trône on meurt parfois.

Je dis esprit, qu'on me comprenne,
Et non intelligence, hélas !
Dons qui ne se ressemblent pas !
Elle avait de l'esprit, la reine !

Marie, aux temps d'Élisabeth,
En eut aussi, l'infortunée !
Non moins charmante et bien tournée,
Celle dont la tête tombait !

On dit : « Elle naquit coiffée,
Dès le berceau lui vint l'esprit ; »
Ce fut par là qu'elle périt.
L'esprit, c'est le don de la fée

Qu'au baptême on n'invita point ;
L'aimant qui scintille, éphémère,
Tandis que la foudre agglomère
Toutes ses rages sur ce point !

V

La foudre aussi devait l'atteindre,
La noble dame aux fiers regards ;
On l'acclamait de toutes parts,
Un seul cria : « Qu'elle est à plaindre ! »

Et cet homme était presque un fou :
Jung Stilling, un visionnaire [1].

1 : Esprit extatique, avide de merveilles, de miracles, traversé de tous les vagues orages du mo-

Il criait : « J'entends le tonnerre,
Et je vois du rouge à son cou! »

Et tous riaient du faux prophète,
Car pendant ce temps dans Strasbourg
Marie-Antoinette Habsbourg
Entrait au bruit des chants de fête.

Les salves grondaient sans cesser;
On lançait dans l'air des colombes,
Et lui voyait s'ouvrir les tombes,
Et des ossements s'entasser!

Jetant l'épouvante et l'éclipse
Dans cet éclat éblouissant,
Soudain se dressait hennissant
Le cheval de l'Apocalypse

Avec son cavalier jaloux,
Le spectre à l'horrible faucille,

ment, ce Jung Stilling est très-connu dans la ca-
maraderie de Gœthe à Strasbourg.

Qui, saisissant la jeune fille,
La décapitait devant tous,

Au bruit des cantates sublimes,
De refrains sanglants, inouïs,
Dans le peuple entendus depuis
Aux jours de terreur et de crimes,

Et dont ce gibier d'hôpital,
Ce pauvre fou, comment dirai-je ?
Durant la pompe et le cortége,
Eut le pressentiment fatal !

V I

Elle n'est que dauphine encore,
Le drame en sa vie est entré ;
Que sera le soir éploré,
Quand si morne apparaît l'aurore ?

Que seront l'automne et l'hiver,
Quand il a neigé sur les roses?
Les causes succèdent aux causes,
Aujourd'hui valait moins qu'hier,

Et demain vaudra moins encôre!
« Dieu nous aime, il nous sauvera! »
On vole au nouvel opéra,
On s'oublie, hélas! on ignore,

Et, quand on sait, il est trop tard.
En attendant, le peuple gronde.
On se déguise, on fait la ronde,
Et l'on joue à colin-maillard !

On est l'adorable fermière
Qui porte du lait au château !
On dit aux bergers de Watteau :
« Mon trône pour une chaumière ! »

Chez la comtesse Jule, on court,
Au sortir d'un conseil suprême,

Faire du fromage à la crème,
En mule rose, en jupon court!

On jase, on persifle, on regrette,
On verse des pleurs dans le sein
De son amie, — au clavecin
On s'accompagne une ariette!

Le temps a fui des Montespan,
Et des ripailles de Gamache;
La reine joue à cache-cache
Sous l'œil de madame Campan!

Badinage, gaîté champêtre,
Passe-temps trop calomniés!
Plaisirs aimables et derniers
D'un monde qui va disparaître,

Et dont alors furent témoins
Ces arbres des lointains parages;
Trianon, sous vos frais ombrages,
La reine joue aux quatre coins.

Et la reine, affreuse disgrâce
Qui laisse l'esprit confondu,
La reine de France a perdu,
Elle pleure : on a pris sa place !

VII

« Nous n'irons plus au bois ! » doux air,
Chanté sur l'herbe au clair de lune !
Voici que devant l'infortune
S'ouvrent les portes de l'enfer.

Vous n'irez plus au bois, madame :
Hélas ! le rossignol se tait ;
Adieu les rondes ! « Il était
Une bergère ! » Pauvre femme !

Il était une reine, un roi,
Un Trianon plein de rocailles,
Il était un fameux Versailles,
Plein des lauriers de Fontenoy !

8

Palais comme jamais les Sforze
Ni les Médicis n'en ont eu,
Immense et partout revêtu
Des grandeurs de Louis-Quatorze,

Où venaient les ambassadeurs
S'incliner devant notre histoire,
Où Condé promena sa gloire,
Et Montespan ses impudeurs,

Où Racine pleura ses larmes
Sans être vu de Maintenon,
Où Bossuet grava son nom
Dans les vieux ifs et les grands charmes,

Où Louis-Quinze, plus badin,
Passant de poupée en poupée,
L'âme sans cesse inoccupée,
N'ayant que fatigue et dédain,

Entre sa cour et sa famille,
Ennuyé, mécontent de tout,

Aima, régna, vécut sans goût :
Papillon qui devint chenille;

Ce Versailles où, hier encor
Jeune, belle, rieuse et blonde,
La plus grande dame du monde
Trônait dans la pompe et dans l'or,

Fêtée, obéie, adorée
De ses sujets, tous amoureux,
Heureuse parmi les heureux,
Et de sa puissance enivrée ;

Ce Versailles assyrien,
Ce palais d'un conte de fées,
On met à l'encan ses trophées,
Et toutes ses splendeurs à rien !

VIII

On vide comme une masure
Tous ses appartements royaux,
On vend les meubles, les joyaux
Du sanctuaire! ô flétrissure!

L'histoire avec ses vanités,
Ses larmes et son épouvante,
L'histoire est là toute vivante,
Vous la voyez, vous la sentez!

A l'éblouissement des lustres,
Dans le bal et ses tourbillons,
Ont étincelé ces paillons
Parmi les cordons bleus illustres;

Ces jupes et ces falbalas,
Ces fins tissus, ce linge rare

Que la revendeuse accapare,
Ont émerveillé les galas;

Ce haillon suant la misère
A déguisé la royauté,
Cet éventail déchiqueté
Fut un présent d'anniversaire!

A l'ouverture des états,
Madame avait ce pouf qui traîne;
Dans les cheveux d'or de la reine
A mordu ce peigne en éclats!

Souvenirs d'horreur et d'opprobre,
C'est dans les bras du roi déchu
Que, sur le lin de ce fichu,
Ont coulé les larmes d'octobre !

Ce bonheur-du-jour à secret
Dans ses tiroirs de bois de rose
Garde peut-être quelque chose...
Des lettres? qui sait, un portrait?

8.

La fleur qu'en signe d'espérance
Cueillit Mirabeau, le tribun,
L'aigrette du duc de Lauzun,
Des cheveux des enfants de France !

Ce médaillon dans ce fouillis,
Et qui d'un lacs d'or s'enguirlande,
C'est le beau Fersen, ô légende !...
Passez, roses et fleurs de lis !

Collier de rubis qu'au théâtre
Le chevalier Gluck, pâlissant,
Prit pour une ligne de sang
Sur ce cou de neige et d'albâtre ;

Passez, éventails fracassés,
Émeraudes et perle fine,
Bracelets d'or de la dauphine,
Écrins de la reine, passez !

Influences pernicieuses,
Causes de tant de pleurs versés,

Rubis et diamants, passez !
Passez, ô pierres précieuses !

Vous par qui chacun la trompait,
Cailloux semés sur son calvaire,
Hélas ! de vous n'a plus que faire
Le cou de la veuve Capet !

Ce cou, qui sous sa croix s'incline,
Et qui n'aura plus à présent
Qu'un seul collier, affreux présent
De la Mort sur la guillotine !

Elle a bu toutes les douleurs,
Essuyé tous les anathèmes,
Et dans les angoisses suprêmes
Vu se tarir ses derniers pleurs.

Les bourreaux ont dit : « Qu'elle meure ! »
Fouquier-Tinville ainsi le veut.
Mais pour elle rien ne l'émeut ;
Elle sort du Temple : c'est l'heure.

La charrette va l'emportant
Vers l'échafaud, dernière honte !
Magnanime et fière elle y monte ;
C'est là que l'histoire l'attend !

IX

Heureuse, brillante, adorée,
Entre Polignac et Lauzun,
Elle eût passé comme un parfum,
Et l'histoire l'eût ignorée !

Tant d'autres ont eu cet attrait,
Ce cœur léger, ces sens frivoles,
Tant d'autres vécurent idoles,
Qu'on oublie et qu'on blâmerait !

Elle eût glissé, svelte et folâtre,
Avec sa couronne de lis,
Dans ce chœur d'illustres willis
Que Versailles a vu s'ébattre !

Elle eût, triomphante Junon,
Guidé la ronde sous les arbres,
Elle eût régné parmi les marbres,
Les cascades, les Trianon !

Mais la victime altière et grande
Répond pour la reine en défaut;
Son malheur fit son échafaud,
Son échafaud fait sa légende!

MOZART A TRIANON

(L'AUTRICHIENNE)

Un dessin de Carmontelle,
  Bagatelle
D'un maniéré fort exquis,
Nous montre un petit bonhomme,
  Vêtu comme
Le jeune fils d'un marquis :

Jabot où la main se noie,
  Bas de soie.
Le roi lui dirait : « Cousin ! »

Cet amadis svelte et mince,
Ce beau prince,
C'est Mozart au clavecin !

Sur la touche blanche et lisse
Sa main glisse ;
A côté, dans un fauteuil,
Marie-Antoinette assise,
Tout éprise
De son jeu, le suit de l'œil.

Attentive, intéressée,
Sa pensée
Couve ces débuts mignons,
Et se dit : « Encore un maître
Qu'a vu naître
Le pays où nous régnons !

« Haydn, ce vieillard allègre,
Long et maigre,
Avec sa canne à corbin,

Gluck, l'auteur d'Iphigénie,

Ce génie !

Et maintenant ce bambin !

« Grand pays, chère patrie,

Que Marie

Thérèse illustre à jamais,

Vienne, je sens qu'en moi-même

Je vous aime

Comme enfant je vous aimais ! »

Tandis que, vive et pimpante,

Sur sa pente,

La sonate va courant,

La reine s'oublie et songe,

Et replonge

Au passé qui la reprend.

Elle se voit en famille,

Jeune fille,

Sous les grands lambris caducs,

Insouciante, adorée,
Entourée
De ses frères archiducs,

Essayant quelque enfantine
Sonatine
Sur un clavecin pareil,
Pour que sa maman auguste,
Quand c'est juste,
L'applaudisse en plein conseil.

Qu'elle soit à sa poupée
Occupée,
Qu'elle danse un menuet,
Qu'elle chante, qu'elle cause,
Toute chose
Lui réussit à souhait !

O la *burg* patriarcale,
Sans égale
Parmi les plus beaux donjons,

Où tant de ducs qu'on renomme
Vivaient comme
Au colombier les pigeons !

O les hôtes, les chers hôtes
De ces hautes
Tours construites autrefois
D'un granit impénétrable,
Moins durable
Que l'amour des bons Viennois !

Kaunitz en robe de chambre,
Suant l'ambre,
Vieillard frivole et coquet,
Jouant, sans que la dépêche
L'en empêche,
Avec son gros perroquet.

Le cher abbé Métastase,
Dont la phrase
S'épanouit en jets d'eau,

Professeur doux et paterne,
Qu'on gouverne
En écoutant son rondeau.

Haydn, tête un peu falote,
Qui grelotte,
Et qu'un soir, à l'Opéra,
L'impératrice, en sa loge,
Comme un doge,
De son hermine entoura !

Ainsi Marie-Antoinette,
Dans sa tête,
Évoque un passé plus doux.
La sonate lui réplique.
O musique,
Ce sont bien là de tes coups !

L'illusion se prolonge,
Et le songe
Durait encor, quand soudain.

Une voix sauvage et prompte,
        Et qui monte
De quelque coin du jardin,

Crie : « A bas l'Autrichienne ! »
        C'était Vienne,
C'est Versailles maintenant...
« Où s'égarait, insensée,
        Ma pensée ? »
Se dit-elle en frissonnant.

« Je suis la reine de France ! »
        L'espérance
Brille encor dans son regard,
Et, se levant, elle touche
        De sa bouche
Le front du petit Mozart.

Mais de ses beaux yeux sans tache
        Se détache
Une larme qui, perlant,

Sur le satin de la veste
 Coule et reste
Comme un stigmate brûlant.

Souvenir que rien n'efface !
 Cette trace
Se fixe là sans retour ;
Le soir, quand du lit vient l'heure,
 L'enfant pleure
Pour garder l'habit de cour,

Où la reine, qui le charme,
 Mit sa larme,
Plus pure qu'un diamant..
Et plus tard, le lis-prodige
 Sur sa tige
Ayant poussé fièrement,

Plus tard, quand le virtuose
 Blond et rose
Fut Mozart, le grand Mozart,

Et que le destin farouche
Sur sa couche
L'étendit pâle et hagard;

Quand, brisé de lassitude
Par l'étude,
Les plaisirs, le vin, le jeu,
Il lui fallut, plein de flamme,
Rendre l'âme,
Et dire à la terre adieu,

Chantant l'ultime louange,
Presque un ange,
Écrivant son *Requiem*,
Déjà voyant vos cohortes
Sur vos portes,
Céleste Jérusalem !

Il voulait — dernier sourire
Du délire !
Vêtir l'habit mordoré

Que l'archiduchesse-reine,

Dans la peine,

D'une larme avait sacré!

LE COLLIER

Ces grands parcs créés par les rois,
Leurs courtisans et leurs ministres,
Ces grands parcs sont parfois sinistres
Plus que la profondeur des bois.

J'ai vu les forêts allemandes,
Leurs sentiers grimpant sur les monts,
Leurs carrefours, où les démons
Et les sorcières vont par bandes;

Gorge au loup, repaire infernal,
Que l'œil du hibou taciturne

Dans l'incantation nocturne
Éclaire seul comme un fanal;

J'ai vu la piste où passe encore
La meute du chasseur maudit,
La futaie immense où bondit
L'horrible coursier de Lénore;

Ces lieux sauvages et suspects,
Décriés par toute la terre,
Je les ai, rêveur solitaire,
Parcourus sous tous leurs aspects,

En chasse, le jour, quand la trompe
Active les pesants galops,
Là nuit, quand pleurent les bouleaux
Sous la brume qui les estompe;

Tous ces Walpurgis, ces chemins
Incriminés d'horreurs notoires,
Fantastiques laboratoires
De maléfices surhumains,

9.

N'ont rien de la morne épouvante.
De ces vastes parcs frissonnants,
Où défilent les revenants
De l'histoire toujours vivante.

Que m'importe de voir les pas,
Gravés dans le sable où la roche,
D'un diable narquois et bancroche
Auquel ma raison ne croit pas?

Que m'importent la mandragore
Et les incubes ses neveux?
Je m'en amuse, si je veux;
Sinon, je passe et les ignore.

Mais, sous ces vieux ifs où se plaint
La voix du passé qui se montre,
Comment éviter la rencontre
Du souvenir qui vous étreint?

Comment fuir la mélancolie
Des vaines choses d'ici-bas?

Comment ne point voir sous ses pas
La trace de ce qu'on oublie?

Ainsi dans ces parcs bien souvent,
Même en ne voulant pas les suivre,
Mes yeux ont vu passer et vivre
Ces ombres que chasse le vent !

Ombres chères et misérables,
Toutes, à leurs fronts pleins d'attrait,
Portant l'indélébile trait
Des lassitudes incurables!

Toutes, d'un vol endolori,
Glissant, pâles enamourées,
Avec les chansons éplorées
Des Françoise aux Alighieri !

Madame Henriette, Fontanges,
Les cœurs saignants, les cœurs trahis,
Louise avec Athénaïs,
Les vampires avec les anges.

Il en est une cependant
Qui ne se mêle en aucun groupe,
Et, quand les autres vont par troupe,
Seule, sous bois, va se perdant.

Qui l'a vue a l'âme frappée.
Dans Versailles, dans Trianon,
Tous les échos disent son nom :
C'est l'idylle et c'est l'épopée.

De ce palais, de ce jardin,
De ces grottes mythologiques,
C'est la fée aux philtres magiques,
L'Armide en frais vertugadin.

Dans ces bocages où le merle
Alterne avec le gai pinson,
On entend, comme une chanson,
Son éclat de rire qui perle;

Elle emplit tout de son orgueil,
De sa vaillance, de ses charmes,

La cascade a pleuré ses larmes
Sur l'immensité de son deuil;

On s'irrite, on fuit, on l'adore;
Fière en sa haine, en ses amours,
Elle est là partout, là toujours;
On la quitte, on la veut encore;

Attrait charmant et singulier,
Fascination, magnétisme!
Un écrin flamboie, et du prisme
Elle sort avec le collier!

I

Dans le bosquet plein de mystère,
Par une splendide nuit d'août,
Un homme est là, seul et debout,
Inquiet, luttant pour se taire.

L'œil aux aguets, l'oreille au vent,
Il cherche, il écoute : personne !
C'est la charmille qui frissonne
Ou quelque autre bruit décevant.

Sous les grands arbres dont la lune
Baigne les rameaux attiédis,
Qui donc attend cet Amadis,
Ce beau chevalier de fortune ?

Amadis ! Je me trompe : non,
Même à travers la nuit fantasque,
On reconnaît, à voir le masque,
Qu'ici ne convient pas ce nom.

Objets charmants, divines ombres,
Nymphes de ces retraits jaloux,
Quelle que soit celle de vous
Que l'on attend sous ces bois sombres,

Hâtez-vous, pressez les instants,
Sur vos ailes les plus légères

Accourez, blondes messagères,
Car l'amoureux n'a plus vingt ans.

Le galantin, faut-il le dire?
Est un voltigeur de Tempé,
Mais si superbement campé
Que Vénus l'écoute sans rire.

Et qui donc rirait, quand il est
Rohan et prince de l'Église?
Qui donc, duchesse ou Cidalise,
Rirait d'un Rohan, s'il vous plaît?

Est-ce un tel seigneur qu'on plaisante?
Un cardinal de si grand air,
Qui trouve, comme Jupiter,
Partout Danaé complaisante?

L'or et les bénédictions,
De sa belle main qu'on encense,
Tombent avec la même aisance
Sur toutes les afflictions,

Car il est pontife dans l'âme,
Humain jusqu'à s'être endetté
Pour ne pas laisser la beauté
En proie à la misère infâme !

Il a, pour la gloire du ciel
Et pour les mères de famille,
Voulu que toute aimable fille
Eût son carrosse et son hôtel.

Pour cet aumônier sachant vivre,
Pour ce cœur honnête et parfait,
Un joli sein n'était pas fait
Pour se morfondre sous le givre !

Rien ne trahit l'ange déchu,
Pensait ce prélat gentilhomme,
Comme des ongles noirs et comme
La malpropreté d'un fichu !

Et, dans sa fureur de miracles
(On n'est pas cardinal pour rien),

Il s'en allait faisant le bien,
Par les fêtes et les spectacles.

Du tombeau de la pauvreté
Et de la misère profonde,
Il ressuscitait tout un monde
A la jeunesse, à la santé;

Consolant ses vierges chéries,
Et sur leurs cheveux blonds ou bruns,
Avec la myrrhe et les parfums,
Versant à flots les pierreries;

Installant dans leur Alhambra
Marthe, Marie et Madeleine,
Évangélisant à main pleine
Toutes les filles d'Opéra!

Si bien qu'à ce métier de dupe
L'éminentissime enjôleur
S'est ruiné, — petit malheur
Qui ne vaut pas qu'on s'en occupe...

Moïse, le sublime Hébreu,
Le colosse dont Michel-Ange
A modelé le front d'archange
Avec deux cornes au milieu,

Le sorcier à grande ressource,
Moïse, eut jadis un bâton
Qui faisait du rocher, dit-on,
Jaillir l'eau comme d'une source.

Ce mirifique talisman,
Que tant d'autres ont eu, sans être
De grands clercs, n'a-t-il pas pour maître
Le prince Louis de Rohan ?

Comme l'eau jaillissant du sable
Sous la branche de coudrier,
Il voit du sac de l'usurier
Ruisseler l'or intarissable;

De droite à gauche, il court sans frein,
Partout la veine s'ouvre prompte,

Et le flot de la dette monte,
Et l'écroulement va son train.

Ruiné ! Sait-il bien lui-même
S'il l'est ? N'a-t-il pas, Dieu merci,
Partout, sans gêne ni souci,
Autant trouvé d'or qu'il en sème ?

Être ruiné, palsambleu !
N'est point un mot de gentilhomme.
Perdre, gagner, qu'importe en somme,
Pourvu qu'on prolonge le jeu ?

Et la bataille est poursuivie,
Et l'on puise, plus affolé,
Au fonds toujours renouvelé
De la richesse et de la vie.

Rien d'impossible ou de trop loin !
On se payait la courtisane,
On entretiendra, Dieu me damne,
La reine de France au besoin !

II

Mais qui, par cette heure équivoque,
Attend en effet ce berger?
Quel est, dans ce brouillard léger,
Le spectre aimable qu'il évoque?

Noyé dans ce pâle rayon,
Qui donc ce héros sans scrupules
Attend-il? La princesse Jules?
Madame de Lavauguyon?

D'Andlau peut-être, tout émue
Du petit scandale d'hier?...
Quelque chose a glissé dans l'air,
De ce côté l'herbe remue...

Ciel! Vous ici, madame, vous!
Sous ce chapeau, dans cette robe!

Et sans même un loup qui dérobe
Ce visage connu de tous!

Vous qu'en ce monde nul ne blâme,
Excepté le vice qui ment!
Et si calme en pareil moment!
Quel mystère? Est-ce vous, madame?

Le cardinal, humble et discret,
En s'inclinant cueille une rose.
Osera-t-il l'offrir? Il ose ..
Elle l'accepte et disparaît...

Illusion cabalistique!
Art mystérieux de Satan,
Dont un illustre charlatan
Possède à la cour la pratique!

Cagliostro, ce nécromancien,
Qui connaît le prince et l'exploite,
Ne tient-il pas dans une boîte
Certain miroir égyptien

Où, comme des ombres chinoises,
Il fait défiler tour à tour
Les grandes dames de la cour,
Les soubrettes et les bourgeoises ?

Quand on peut, devant tout Paris,
Par un prestige de théâtre,
Montrer Laïs et Cléopâtre,
Hélène et le berger Pâris,

Il n'est si haute et si puissante
Dame, princesse et majesté,
Si rare et si fière beauté,
Future, passée ou présente,

Que dans le magique cristal
On ne doive évoquer sur l'heure,
Versailles fût-il sa demeure,
Et Schœnbrunn son palais natal !

III

Hélas! la fantasmagorie
N'a rien ici que de réel;
On voudrait du surnaturel,
Tant l'humain navre et contrarie.

Cette apparition qui là,
Là, par cette nuit tropicale,
En blanche robe de percale,
En léger chapeau Paméla,

A glissé devant la charmille,
Puis en silence, avec sa fleur,
S'est effacée... honte et malheur!
Cette ombre... c'était une fille!

Une fille! la d'Oliva!
A laquelle hier sa proxénète

A dit : « Sois Marie-Antoinette,
Sois la reine de France, et va ! »

Et le prince qu'on escamote,
Ce Lovelace cardinal,
Donne comme un niais banal
Dans le panneau d'une Lamothe !

Amoureux ? lui ! Ce compagnon
Que tout le monde dupe et traîne,
Il prétend qu'il aime la reine,
Et prend pour elle une Manon !

Période étrange, ennemie,
Où s'engouffre la royauté !
Dans le calme et la pureté,
Une femme s'est endormie ;

Elle a prié le Dieu des bons
Du plus profond de ses entrailles,
Le Dieu qu'on adore à Versailles,
Et pour qui règnent les Bourbons.

Elle a, d'un œil plein d'espérance,
De son balcon vu se lever
Les étoiles qui font rêver
Les filles d'Autriche et de France.

Et, lasse des plaisirs du jour,
Elle a, non sans condescendance,
Goûté comme une contredanse
L'air du rossignol de la cour.

Elle a chiffonné quelque chose,
Un peu joué du clavecin,
Puis croisé les bras sur son sein
Et fermé sa paupière rose.

Et, comme dans ce fabliau
Charmant de la belle Euryanthe,
Tandis qu'elle dort souriante,
L'intrigue étend son imbroglio ;

Car lorsque, inexorable et sombre,
Le Destin a dit : « Halte-là ! »

10

Lorsqu'il veut frapper, lorsqu'il a
Mis une dynastie à l'ombre,

Quand il a dit d'un empereur
Ou d'un roi : « C'en est fait, qu'il tombe ! »
Tout sert à lui creuser sa tombe,
Tout devient signe avant-coureur !

Tout devient bois, tout devient flèche,
La chanson saisie en chemin,
La pièce qu'on jouera demain,
Ce qu'on permet, ce qu'on empêche.

Tout tourne à mal, devient affront ;
Pas un caillou qui ne ricoche
Et pas une mouche du coche
Qui ne pique la reine au front !

Tout scandale et toute infamie
Remonte vers elle et le roi.
Louis disait : « L'État c'est moi ! »
Henri le Grand aimait sa mie.

Mais eux, pauvres êtres frappés
D'incapacités séculaires,
Voués aux haines, aux colères,
De calomnie enveloppés ;

Mais eux, race indigne et proscrite,
Les traîtres auxquels nul ne croit,
Ils n'ont de merci ni de droit ;
Quoi qu'ils fassent, on s'en irrite.

Attentat à la nation,
S'ils dénoncent le cataclysme ;
S'ils restent cois, favoritisme,
Infamie et corruption !

Aimer quelqu'un, une Lamballe,
Une Polignac, fi ! l'horreur !
On se demande avec terreur :
Que veulent ces Héliogabale !

Et ce roi suspendu dans l'air,
Qu'on insulte et qu'on incrimine ;

A-t-il la couronne d'épine
Assez enfoncée en sa chair !

Pauvre mouton qu'on enguirlande
Avec tant d'ordres en sautoir,
Avant d'aller à l'abattoir,
Pour que son sang pur s'y répande,

En aura-t-il assez flatté
De charbonniers et de poissardes !
Assez essayé de cocardes
Aux couleurs de la liberté !

Lamentable martyrologe !
On le bafoue en s'inclinant !
Il lui faut sourire au manant
Qui le coudoie et l'interroge !

On feint d'obéir à sa voix,
Et chacun, passant, le gourmande.
Vous croiriez voir, quand il commande,
L'enfant sur son cheval de bois !

Et s'il reste une épée encore
Entre les mains de ce grand roi,
C'est qu'on a mis dessus : « La loi! »
La loi! de peur qu'il n'en ignore[1] !

IV

Mais elle, qui n'a point au cœur
Ce pauvre sang qui dort et gèle,
Bondit sous la main qui flagelle,
Et montre les dents au vainqueur.

Le fouet du belluaire indigne
Trouve la lionne qui mord;
Elle aura plus tard, dans sa mort,
Le courage qui se résigne;

1. Je conseille aux inexorables, à ceux qui se ferment les yeux devant les *sentimentalités* de l'histoire, d'aller voir à Versailles, dans l'attique du nord, un certain tableau de Carteaux, le seul, je crois, qui existe de cet homme, peintre aussi médiocre que mauvais général d'armée. Comme

10.

En attendant, sa haine bout,
Apre, féroce, souveraine;
C'est bien l'archiduchesse-reine
Qui pleure et qui mourra debout.

Tantôt, en peignoir blanc, sa gorge
Demi-nue, et tout en émoi,
Comme il battait son fer, le roi
L'a vue apparaître en sa forge.

La colère la dévorait;
Son œil brillait sinistre et glauque.
« Eh bien, sire, — d'une voix rauque
A-t-elle dit, — on sait l'arrêt!

peinture, c'est détestable; mais quelle compas-
sion! Louis XVI est représenté à cheval, dans
cette attitude militairement empanachée du Bo-
naparte de David franchissant les Alpes. A la de-
vise de son épée, sur laquelle ce mot: «La loi »,
éclate en majuscules, répond, comme un autre
signe de déchéance, un énorme champignon tri-
colore sous lequel disparaît son chapeau. Cette
parade du commandement dans la flagellation,
cette victime brandissant son roseau comme
Henri IV faisait de son épée, c'est grotesque et
c'est horrible.

« Ils l'ont acquitté, cet infâme !
Ce Rohan, ce traître, acquitté ! »
Et le brave homme a tout quitté,
Tout, pour pleurer avec sa femme !

Hélas ! dans ces moments secrets
Où leur désespoir les rassemble,
Que de pleurs à confondre ensemble,
De doléances, de regrets !

Et pourtant dans leur conscience
Tout n'est-il pas honnête au fond ?
N'ont-ils pas fait tout ce qu'ils font
Selon leur âme et leur science ?

Dieu les a mis là ; de leur mieux
Ils ont régné sur cette terre,
Où c'est leur droit héréditaire
De régner comme leurs aïeux.

Ils ont eu le ménage aulique :
Des chambellans et des valets ;

Ils ont habité des palais,
Pratiqué la foi catholique.

Lui, charitable, humain et doux,
Accessible aux gens, débonnaire,
Homme excellent, homme ordinaire,
Amant tardif ! dévot époux !

Vertueux, obèse et sublime
Comme un bourgeois de Diderot ;
Chassant beaucoup et dormant trop,
Roi faible, héroïque victime !

Elle, la fille des Césars,
Et d'une mère illustre née,
Presque enfant chez nous amenée,
Ouverte aux plaisirs, aux beaux-arts,

Ne haïssant point les scandales,
Adorable, et donnant le ton
Sous la cornette de Marton
Ou les fleurs de lis féodales !

Courant les bals de l'Opéra
En fiacre, comme une bourgeoise,
Et riant, joyeuse et narquoise,
Sans peur du ce qu'on en dira !

En ses gaîtés, en sa colère,
En son visage, en ses atours,
Quoi qu'elle fasse, hélas ! toujours,
Toujours, partout impopulaire !

A la cour on la hait ; pourquoi ?
Pour l'étiquette qu'elle raille :
Une jupe, un chapeau de paille,
La voilà mise hors la loi !

Dans le peuple, même chapitre !
Le peuple sait dans son faubourg
Qu'elle est la fille des Habsbourg,
Et ce qu'il lui doit à ce titre.

Elle est le fléau, le danger,
L'Autrichienne, la Lorraine ;

Elle trahit : mort à la reine !
Elle nous vend à l'étranger !

Clameur sinistre que l'histoire
A depuis poussée, elle aussi,
Et dont on peut avoir souci,
Sans pour cela chanter victoire,

Sans exulter, comme un bélier,
Sans tressaillir de folle joie
Pour une femme qui se noie,
Et lui mettre au cou ce collier !

V

Ce collier ! bizarre anecdote
Qu'on tourne et retourne à plaisir !
Conte de fée et de vizir
Dont on s'émeut, dont on radote !

Chacun de belle passion,
Selon son caprice et son âge,
S'éprenant pour le personnage
Qui plaît à son illusion,

A ce point qu'on a vu des âmes
A qui tout vice est odieux
Pour une Lamothe, grands dieux !
Brûler des plus sublimes flammes !

Ce collier, éternel motif
Et d'élégie et de satire,
D'une pécheresse martyre
Roman ténébreux et plaintif !

Un jour, on dira : « C'est un mythe,
Et l'histoire n'y croira plus ;
Un mythe comme Romulus,
Égérie et la Sulamite ! »

Et les historiens futurs,
Niant la fable et son mirage,

Tous les Niebuhr pour qui notre âge
Se perdra dans les temps obscurs,

A la race humaine affranchie
Crieront du haut de leurs sommets :
« Ce collier n'exista jamais,
Ce collier, c'est la monarchie.

« Des rois dont le nom vit encor,
Des politiques, des grands hommes,
Apres au travail, économes,
En avaient formé le trésor.

« Quelle mise de fonds première
Amena cet ouvrage à bien,
A quel prix fut fait le lien
De ce grand foyer de lumière,

« Qui, rayonnant sous l'œil de Dieu,
Inondait l'immense théâtre ?
Louis-Onze avec Henri-Quatre
Pourraient le dire, et Richelieu !

« Hélas ! aux jours de tempérance,
Les désordres ont succédé,
On a gaspillé, dégradé
Le riche joyau de la France.

« Les Salomon, les Sésostris,
Leurs concubines et leurs duègnes,
Ont inauguré les grands règnes
Dans Versailles et dans Paris.

« Comme aux temps de l'Égyptienne
Et d'Antoine, on a vu sévir
Des appétits de triumvir
Et des soifs de magicienne.

« Dans les grands et petits couverts,
Fût-elle cent fois rare et chère,
Qu'est une perle pour la chère
De qui dévore l'univers ?

« A ces convives du satrape,
Goinfres du cercle familier,

Il a fallu tout le collier,
Tous les diamants sur la nappe!

« Et le joyau flétri, déchu,
Gage fatal, chose mauvaise,
Aux mains du triste Louis-Seize
Et de sa compagne est échu! »

VI

Qu'en ont-ils fait? Blâme sévère
Qui les atteint, elle et lui, soit!
Mais auquel bien d'autres ont droit,
Qui n'ont pas gravi leur calvaire!

L'héritage était avili
Comme tout trésor qu'on brocante;
Ils ont pris la place vacante,
Et leur destin s'est accompli.

Ils ont vécu par les temps sombres,
Erré sur le sol agité;
Ils se croyaient la royauté,
Et n'en étaient plus que les ombres.

Du premier jusqu'au dernier jour,
Plus ou moins avec perfidie,
Qui n'a soufflé la comédie?
Qui n'a gouverné cette cour?

Mère, frère, amis, valetailles,
Favorites, combien sont-ils,
Tous ceux qui manœuvraient les fils
De l'intermède de Versailles?

Théâtre et monde, c'est tout un;
On rit quand Figaro se moque,
Et Beaumarchais et son époque
Travaillent ensemble en commun.

Quel beau sujet tombé des nues,
Pour un tel maître, ce *Collier!*

Et voyez le cas singulier,
Déjà *les Noces* sont venues!

Avant le prince de Rohan,
Almaviva montrait sa tête,
Et c'est l'histoire qui répète
La fiction et le roman!

Lorsqu'avec la pique et le sabre,
Le bonnet rouge et le poignard,
Le peuple, hurlant et hagard,
Entra dans la danse macabre,

C'était fait de la royauté,
Disparue aux gouffres de flamme!
Un homme, seul avec sa femme,
Restait là dans sa majesté.

Leurs fautes, leurs crimes peut-être,
Sont au passé; — du même coup,
Il les condamne et les absout;
Mourir leur valut mieux que naître.

Laissons l'histoire incriminer,
Flétrir, remuer la poussière;
En vengeresse, en justicière,
Laissons-la sévir et régner;

Mais, quel que soit l'arrêt suprême,
Le verdict terrible et final,
Gardons contre son tribunal
Un appel secret en nous-même,

Quels que soient les temps et leur cours,
Respectons — même philosophe —
Les larmes d'une catastrophe,
Et sachons les pleurer toujours!

LOUISE

DE LA VALLIÈRE

POST-SCRIPTUM

« Échanger la cour pour le cloître, écrivait-elle au maréchal de Bellefonds (8 février 1674), ne me coûte point de pleurs, mais me trouver seule encore une fois avec le roi, voilà mon trouble et ma douleur. » Et cependant l'entrevue eut lieu, le dernier pas fut franchi, la timide et tremblante Esther se retrouva sous le regard d'Assuérus. Espérait-elle encore quelque chose de cette rencontre *in extremis?* Souhaitons qu'il n'en fût rien, car la déception eût été trop amère, trop cruel le déchirement. Il la reçut froidement et la congédia, sans laisser passer l'ombre d'une émotion. Allez au cloître, noble fille; et là, pour prendre en patience les horreurs de cette nouvelle vie où l'on vous entraîne, songez à tout ce que *cet homme et cette femme vous ont fait souffrir.*

LOUISE

DE LA VALLIÈRE

L'histoire n'est qu'un long mensonge
Très-sérieux,
Où plonge et puis encor replonge
L'œil curieux;

Morgane n'a pas de mirages
Plus singuliers,
Vous voyez tout dans ses nuages
Ensoleillés,

Le réel et la poésie,
            Et c'est souvent,
Vous, l'homme de la fantaisie,
            Vous, qui rêvant,

Condamnez le vers pour la prose,
            Alors que tout
Parlerait dans l'ancienne glose
            A votre goût.

Laissons là tout le dithyrambe,
            Tous les poncifs,
Ce grand roi qui fait belle jambe
            Dans les massifs

De ses jardins pleins de fétiches,
            Daim somptueux,
Toujours au milieu de ses biches,
            Majestueux,

Laissons là Fontange et Soubise
            Et Montespan,

Prenons l'adorable Louise
    Et son roman,

Voyons-la fléchir et décroître,
    Aimer, souffrir,
Et dans le silence du cloître
    Aller mourir.

Quoi de mieux imaginé, dites,
    Comme opéra?
Cette cellule aux Carmélites,
    Ces *libera*,

Ces prières, ces funérailles,
    Le cierge en main,
Servant aux pompes de Versailles
    De lendemain?

Quel cadre pour ce doux visage
    De pleurs mouillé
Que cette chapelle au vitrage
    Irradié!

Agenouillée au sanctuaire,
        Devant la croix,
Elle dévide son rosaire
        Entre ses doigts.

Sur sa nuque suave et fraîche,
        Nimbe charmant,
La rosace darde sa flèche
        De diamant;

Diamant teinté d'émeraude
        Et de saphir,
On sent dans l'atmosphère chaude
        Comme un soupir

Qui de l'orgue profond émane
        Et vers les cieux,
Parmi l'encens, s'élève et plane
        Mystérieux,

Ainsi monte cette âme éprise
        Vers l'autre époux;

Tandis que le corps, qui se brise,
    Reste à genoux,

L'âme radieuse, extatique,
    Quittant le sol,
Cherche le fiancé mystique
    Et prend son vol.

Jérusalem à Babylone
    Va succédant;
Là-bas le monde tourbillonne
    Dans son néant.

C'était Versailles, ô miracle !
    Et désormais,
Regardez : quel divin spectacle
    Sur ces sommets !

Le paradis qui s'ouvre et chante ;
    Les harpes d'or,
Et dans la vision touchante,
    L'amour encor,

L'amour, ivresse après l'ivresse,
        Louis, Jésus,
Embrasements de pécheresse,
        Rêves confus !

Et maintenant, je le demande,
        Un tel portrait
N'a-t-il pas l'air d'une légende
        Faite à souhait?

L'églogue alterne avec le drame;
        Aux doux transports
Succèdent l'abandon infâme
        Et les remords.

C'est machiné d'après nature :
        Fontainebleau,
Versailles, et puis la vêture,
        Dernier tableau!

Et pourtant, c'est l'histoire même,
        La vérité,

Qui parle ainsi; nul stratagème,
        Rien d'inventé,

Et la fiction condamnée
        Serait plutôt
De prétendre à cette donnée,
        Changer un mot.

N'importe, il faut savoir tout dire,
        Dût l'idéal,
Du procès que l'on veut instruire
        Sortir fort mal.

« Je suis la faiblesse en personne,
        Un vrai roseau, »
Disait cette âme douce et bonne,
        Dès le berceau.

Étudions ce drame intime,
        Cherchons un peu
Quel fut au fond tout ce sublime
        Retour vers Dieu.

Aimer, épanouir son être
　　　Au jour nouveau,
Puis subitement disparaître
　　　Dans un caveau,

De soi-même quitter la place
　　　A Montespan,
Laisser cette sultane en face
　　　De son sultan,

Et tandis qu'ils mènent la fête,
　　　Elle et le roi,
Dans l'abstinence et la retraite,
　　　S'en aller, soi,

Jeune, mourir de frénésie,
　　　De piété,
Non, tout cela, c'est poésie
　　　Sans vérité.

Tout cela d'une fille d'Ève
　　　N'est point le jeu ;

On lui mit le col sous le glaive ,
    On força Dieu [1].

Jamais, non jamais La Vallière,
    Ange effaré,
N'eût ceint l'horrible cordelière
    De son plein gré ;

Jamais l'adorable victime
    N'eût librement
Plongé dans cet affreux abîme
    Du châtiment.

---

1. L'abandon cruel, impitoyable, les grossièretés du roi, les impertinences de la Montespan, qui avait fini par faire d'elle sa servante et se plaisait à dire : « Je ne me sens point belle quand la duchesse de La Vallière n'a pas mis la dernière main à ma toilette, » en eût-il fallu tant pour la déterminer, si la vocation eût vraiment existé ? Mais tout cela, paraît-il, ne suffisait pas. Deux graves maladies qui l'entreprirent coup sur coup, en 1673, vinrent enfin la livrer sans merci aux obsessions de l'entourage. Abandonnée des médecins, qui désespéraient de son corps ; des prêtres, qui désespéraient de son âme, l'infortunée patiente était au point où on la voulait. On fit parler le ciel, l'enfer et le purgatoire, et celle qui dans sa faiblesse résistait succomba dans la prostration.

On l'y poussa de lutte haute,
Travail bien beau
Pour ce roi, d'enfouir sa faute
Dans ce tombeau.

Combien faut-il de victimaires
En pareil cas ?
Oncles, tantes, cousins, grand'mères,
Abbés, prélats !

Bossuet, la tante prieure,
Le maréchal[1],
C'était à qui hâterait l'heure
Du vœu fatal.

---

[1]. Le maréchal de Bellefonds, — figure étrange ; re-
muante, bien du temps ; — il détestait la Cour et ne
pouvait vivre hors de son train ; il avait plus de religio-
sité que de religion, et son zèle apostolique, sa fureur
d'évangéliser et de convertir le prochain ne connaissaient
pas de bornes. Dès 1671, époque de la première esca-
pade chez les dames de Chaillot, nous le voyons se
mêler des affaires de Louise et du roi, mais cette fois
pour hâter le raccommodement et ramener au monde
celle qu'il devait tout autrement catéchiser par la suite.

Leur féroce diplomatie
      L'endoctrina,
Et Madeleine repentie
      S'embéguina

Sous la cendre couvait la flamme,
      Dit le refrain,
Dans le frais jardin de cette âme,
      Était le grain.

Oui, mais ce germe d'adorable
      Mysticité,
Avec quel soin incomparable
      Il fut traité.

Que de travailleurs à la peine
      Dans la maison
Pour amener la frêle graine
      A floraison!

La pécheresse, au tabernacle,
      Vint en priant,

Et la cour eut un grand spectacle
        Édifiant.

Bossuet, d'une voix sacrée,
            L'œil plein de feu,
Prêcha la brebis égarée,
            Selon Matthieu ;

Il dit, superbe d'énergie
            Et de ferveur,
L'âme en deuil qui se réfugie
            Dans le Sauveur ;

Puis, à sœur Louise, suprême
            Félicité !
Le voile, par la Reine même,
            Fut présenté !

Et de ce monde, vain fantôme,
            S'évanouit
Mademoiselle de La Baume
            Sans plus de bruit.

De ce printemps, de cette aurore,
De ces élans
D'une tendresse qui s'ignore,
De ces talents,

De tant de jeunesse et de charmes,
D'amour, d'espoir,
Que reste-t-il? voyez, des larmes,
Un linceul noir!

Une croix funèbre, une corde,
Elle sera
La sœur de la Miséricorde;
Et tout cela

Parce qu'il ne veut, ce superbe,
Qu'un jour les fleurs
Qu'il se plut à cueillir dans l'herbe
Poussent ailleurs.

« La pauvre et douce créature
Dont moi, le Roi,

« Je recherchai par aventure
  Jadis la foi,

« Aujourd'hui que je la dédaigne
  Et plus ne veux,
« Ira-t-elle ailleurs, sous mon règne,
  Porter ses vœux,

« Se tourner vers le mariage
  Et convoler,
« Ou simplement dans le veuvage
  Se consoler?

« Non! celle qui du roi de France,
  A fait le jeu,
« Ne saurait plus sans déchéance
  Être qu'à Dieu! »

ÉPILOGUE

1870

SOLVET SÆCLUM

Une salle du château avec les portraits et les statues des per-
sonnages de notre histoire dont les figures, revivant, parlent entre elles.

Louis XIV.

La France à ce degré d'abaissement infâme ;
Sedan rendu, Metz prise et Paris tout en flammes,
Seigneur, je me prosterne et bénis vos décrets !

Condé.

Désastres dans la guerre et désastres après ;
Nul répit dans l'horreur comme dans l'infortune :
Les Allemands d'abord, ensuite la Commune !
Que leur avait donc fait le Louvre, à ces bandits ?.

12

· Louvois.

Nous nous sommes partout battus un contre dix.

Louis XIV.

Toùt se paye en un jour de justice suprême :
Songe àu Palatinat, Louvois ; rentre en toi-même.
Notre gloire s'en va chassée à tous les vents ;
La maison de Priam et sa tour séculaire
S'écroulent dans la cendre en un jour de colère ;
L'épouvante et le deuil affligent les vivants.
Aux morts de s'accuser à cette heure effroyable. .

La Fontaine.

N'ai-je point là-dessus jadis fait une fable?

Louis XIV.

Les leçons du destin ne m'ont pas profité!
Après m'avoir atteint dans ma postérité,
Après tant de misère et tant de funérailles,
C'est dans la France, hélas! ce fruit de mes entrailles,
Que m'atteint aujourd'hui la vengeance du ciel!
Et ce n'est que justice ; et devant l'Éternel
Mon âme en doit bénir les rigueurs salutaires!
Les faiblesses sans nom, les fameux adultères,
Les désordres partout semés dans le présent,

Et les vices privés d'un aïeul tout-puissant,
C'était beaucoup déjà! mais la patrie, ô crime!
Comment l'ai-je poussée en si profond abîme,
Et comment mon regard, sur l'avenir ouvert,
Des choses que voilà n'a-t-il rien découvert?
Ah! c'est que le plaisir absorbait tout mon être.
J'étais jeune, j'étais le roi, j'étais le maître !
J'étais à moi tout seul l'État et le pays.
La Vallière aujourd'hui, demain Athénaïs,
Et Mancini, Fontange, et de Ludre, et Soubise,
Et les fameux ballets, quand une cour éprise,
Dans quelque noble pas composé par Lulli,
Admirait dans son roi le danseur accompli ;
Et ces chasses avec leurs trompes éclatantes,
Quand la brise agitait mille plumes flottantes,
Quand l'immense forêt sentait frémir en soi
Ce vaste enchantement que je portais en moi,
Et que devant Louis et ses Olympiades,
Jalouses, de ces bois s'enfuyaient les dryades :
Spectacle incomparable à jamais disparu !

JACQUES BONHOMME.

Ce que coûtait à nous cette magnificence,
Qui te l'eût dit alors, tu ne l'aurais pas cru ;

Et plût au ciel encor que notre pauvre France
N'eût point payé plus cher ta gloire, ô majesté !

LA PRINCESSE ÉLISABETH CHARLOTTE.

Mon fier Palatinat, jardin de l'Allemagne,
Abominablement par Louvois dévasté ;
Tant de sang et d'horreurs, une telle campagne,
Pour la seconde fois, — et presque coup sur coup,
La guerre européenne avec Ryswick au bout,
Et dans le sol germain sous les pas des armées,
Les colères de Dieu pour des siècles semées !

LOUIS XIV.

M'accuser, ô ma sœur ! Est-il donc ici-bas
Quelqu'un pour me juger plus durement, hélas!
Que je ne fais moi-même en ce jour lamentable?
Monarque, j'ai subi la loi d'où je suis né ;
L'amour et ses plaisirs m'ont d'abord gouverné ;
L'ambition, plus tard, est venue, implacable ;
Puis, comme Salomon, que sa puissance accable,
L'ennui m'a consumé jusqu'à mon dernier jour !

MADAME DE MAINTENON.

Vous bâtissiez alors, sultan inamusable,
Et l'or entre vos mains glissait comme le sable ;

Versaille était le centre, et partout à l'entour,
Domaines et châteaux s'élevaient par féerie;
Trianon reposait votre·âme endolorie,
Et vous aviez, pour fuir les pompes de l'orgueil,
Marly, dont nul souci ne franchissait le seuil[1];
Des rives de la Seine aux bords charmants de l'Eure,
Des parcs délicieux se prolongeaient sans fin;
Colbert avait à Sceaux sa royale demeure,
Maine dans Rambouillet, à Meudon le dauphin,
Pour le frère du roi Saint-Cloud et sa naïade,
A d'Antin Petit-Bourg, aux Condés Chantilly...

L'ABBÉ DE SAINT-CYRAN.

Et Port-Poyal des Champs, perspective maussade,
Juste en ce même temps à grands coups démoli;
Nos cloîtres dépeuplés, ta solitude heureuse,
Proscrite et ravagée, ô vallon de Chevreuse!
Versaille et ses splendeurs, le désert à côté!
Nos sœurs, nos saintes sœurs, fuyant et leur abbesse!
Car il ne voulait pas, ce satrape irrité,
D'un Dieu devant lequel la couronne s'abaisse,

---

1. « On fait encore ici un corps de logis d'un million de francs, Marly sera bientôt un second Versailles, MAIS LE PEUPLE QUE DEVIENDRA-T-IL? » (Madame de Maintenon, *Correspondance.*)

12

Et sa religion, toute faite d'ennui,.

Tançait le Créateur de trop tirer à lui[1]!

RACINE.

Causes de tant de pleurs répandus en ma vie ;

·Amertumes du cœur, félicité ravie,

Souvenirs fortunés des jours évanouis,

Longs découragements, soupirs, chagrins, ennuis,

De ce qui me fut cher irréparable perte,

Solitaire retour dans la maison déserte,

Disgrâce imméritée au déclin de mes ans,

Images de douleur, regrets toujours présents,

Allez, dispersez-vous, fuyez, rapides ombres,

1. Louis XIV n'a pas le sentiment de ce qu'il croit représen-
ter. Il professe la dévotion, et sa vie n'est que sultanisme; il
veut que l'autorité, la tradition soient respectées, et entre au
Parlement son fouet à la main. Ce qu'il déteste dans les jansé-
nistes c'est l'humiliation, le néant de la créature devant Dieu,
et sa piété s'arrange bien mieux du jésuitisme, pacte tout moderne qui laisse subsister les jouissances, les plaisirs du monde,
et trouve

Qu'il est avec le ciel des accommodements.

Révolutionnaire, nul ne l'a plus été que Louis XIV; de lui date
l'impôt sur toutes les classes, un signe de sa main et des énor-
mités s'accomplissent, les bâtards sont légitimés et prennent
rang et droit héréditaires, la famille est mise à merci. C'est
que le despotisme est aussi bien la révolution que la révolution
est le despotisme. Mais en pareil cas on n'appelle révolutionnaire
que l'acte commis par les masses ; l'acte d'un seul ne compte
jamais pour tel.

Mon âme est sous le coup de spectacles plus sombres,
Quand la patrie en deuil au ciel lève ses bras,
Chacun, selon sa force, intercède ici-bas ;
Chacun, voyant souffrir cette mère chérie,
Pense à la soulager, l'âme croyante prie
Et du Dieu tout-puissant invoque le pardon ;
Mais ce recueillement de tous n'est pas le don ;
On peut, sur cette terre où le doute nous leurre,
Ignorer la prière ; heureux alors qui pleure ;
Dieu visite le cœur dans sa peine abîmé,
Et qui ne sait pleurer n'a jamais rien aimé !

MOLIÈRE.

Pleurer ! Nous pleurons tous, ô France, à tes alarmes ;
Mais ne pouvoir donner à tes maux que des larmes,
N'être pas près de toi, là, pour te soutenir
Et faire en tes esprits revivre un souvenir
Du glorieux passé qui du présent te venge,
Voilà de mes douleurs la plus noire !

SCARRON.
                                          Qu'entends-je
Molière élégiaque ! O Racine, pends-toi !

LE DUC DE MONTAUSIER.

Quelque chose serait plus triste, croyez-moi,

Que les pleurs de Molière et sa mélancolie :
Le rire déplacé d'un fâcheux qui s'oublie !

MOLIÈRE.

O peuple de Paris, dont le sang généreux
Circulait dans ma veine en des jours moins affreux,
Étrange composé d'amour et d'ironie,
De qui me vint cet art qu'on nomme mon génie,
Cher peuple, qu'aux piliers des halles j'ai tant vu,
Toi, la force, l'esprit, l'audace, l'imprévu,
Que je voudrais encor te prendre à mon école,
Soulageant tes ennuis d'une bonne parole,
Gouvernant tes instincts d'un bras modérateur,
Assis à ton foyer comme un instituteur,
Et jusque dans mes vers et dans ma pièce en vogue
Restant toujours pour toi l'ami, le pédagogue !
Nous nous relèverions ensemble, vois-tu bien,
Et sans trop rude effort ni dangereux moyen :
Il en coûte si peu d'être ce qu'on doit être,
Qu'il s'agit simplement, comme on dit, de s'y mettre.
Eh bien, par la sambleu ! l'on s'y mettrait, ma foi,
Et quant à tes plaisirs, je m'en chargerais, moi !

BOILEAU.

Et que devient la langue en cette frénésie ?

Cette langue par nous avec tant d'art choisie ,
Dont s'était amassé le trésor par nos soins,
Quelqu'un s'occupe-t-il de la sauver, au moins?
Tristesse de mes jours, nos règles, nos idées,
A tous les coins de rue, hélas! vilipendées !
Ces eaux de Castalie où nous puisâmes tous,
Entraînant dans leur cours les plus grossiers cailloux,
Le Parnasse effondré comme une taupinière,
Et ses dieux en exil, calamité dernière,
Grotesques, affublés de risibles manteaux,
Vivant de gueuserie et battant les tréteaux !

BUFFON.

Plus de style, Boileau, plus d'homme !

MADAME DE MAINTENON.

                              Je réclame,
Et je dis à mon tour : le style, c'est la femme :
C'est son goût, son maintien, sa gloire, sa vertu,
Et nous fûmes par là ce que le monde a vu !
Savoir parler; grand art qui touche au savoir-vivre ;
Laissez cet art tomber, les mœurs vont bientôt suivre.
Qui profane les mots, avant peu, croyez-moi,
Narguera son devoir, sa famille et sa foi.

MADAME DE LONGUEVILLE.

Vous dites vrai, ma sœur. De quel vocabulaire
Sortaient-ils, ces propos de haine et de colère
Proférés devant nous par tant de moribonds,
Dans ces appartements où nous nous dérobons,
Et partout convertis alors en ambulances?
Quels blasphèmes affreux traversaient nos silences,
Quels cyniques récits, par le vice attisés,
De ces lits de repos sortaient en feux croisés !
Et les filles, combien trépassaient dans la fièvre,
Aux jours de la Commune, en ayant sur la lèvre
Quelque immonde chanson, reste du mauvais lieu,
Haillon de bal masqué traîné par-devant Dieu !
A les voir s'en aller ainsi, rauques, amères,
Nous nous disions : « Seigneur, il n'est donc plus de mères,
Désormais, que chez nous les enfants ont ce tort
D'ignorer votre nom dans la vie et la mort ? »

MADAME DE SABLÉ.

Soyons justes, ma sœur, en contemplant l'abîme
Où tant de malheureux ont roulé tristement,
Faire à chacun la part qui lui revient du crime.
Dépasse notre vue et notre jugement :
Ces cœurs sur qui pesaient tant de charges trop lourdes,

Aux yeux de l'Éternel sont-ils seuls en défaut?

Si l'on n'eût pas éteint les lumières d'en haut,

Les ténèbres d'en bas eussent été moins sourdes.

De ces êtres troublés, malades et jaloux,

Plus encor que pervers, qui sonda la souffrance?

Quel remède avait-on contre leur ignorance,

Quel exemple donnaient les femmes comme nous?

Les voyait-on au lit des misères humaines,

L'âme pleine de foi, l'esprit plein de savoir,

Se pencher nuit et jour, pâles catéchumènes,

Et des petits enfants surveiller le devoir?

Non, c'étaient d'autres mœurs et d'autres aventures:

Imiter dans leur ton certaines créatures,

Se régler sur leur mise, et sur leurs airs danser,

Quelle chose au delà pouvait intéresser?

Brune, on se faisait rousse ou jaune, sinon blonde:

On évangélisait ainsi le pauvre monde;

La bottine sonnante et hauts les falbalas,

On s'en allait gaiement courir le turf.

MADEMOISELLE DE LA VALLIÈRE.

Hélas!

Vous qui lisiez, mon Dieu, dans cette âme si triste,

Vous saviez qu'en vous seul j'avais mis tout espoir;

N'étais-je pas la fleur dont parle le Psalmiste,

Éclose le matin et sèche vers le soir ?

Phaéton dans son char enlevait ma rivale ;

J'humiliai mon front sur la funèbre dalle,

Le cloître remplaça ce harem d'Ispahan ;

    Vous aviez vengé mon scandale,

    O marquise de Montespan !

J'ai bien souffert par vous, Roxane impitoyable,

    Et par cet enfant misérable

Dont j'ai plus déploré, je le dis sans effort,

    La naissance encor que la mort [1].

    Ces deuils et cette pénitence,

Qui furent le roman de ma pauvre existence,

Ne frappaient que moi seule, et maintenant, Seigneur,

    Qüi régnez au ciel, notre Père,

C'est la France captive, un glaive dans le cœur,

    Qui gémit et qui désespère !

Larmes de repentir quand je quittai la cour,

    Et le cœur ivre encor d'amour,

    J'abandonnai Louis de France,

Hélas ! vous n'étiez rien auprès de la souffrance

    Qui m'accable en ce jour !

---

1. Le duc de Vermandois, mort en 1683. Lorsque Bossuet lui vint annoncer cette nouvelle elle commença par se montrer inconsolable, puis soudain s'interrompant au milieu de ses sanglots : « C'est trop de larmes, dit-elle, pour la mort d'un fils dont je n'ai pas encore assez pleuré la naissance. »

Soupirs que j'ai poussés au fond du sanctuaire,
 Quand, détachant de mes cheveux
La couronne de fleurs et baisant le rosaire,
Je revêtis le voile et prononçai mes voeux ;
Larmes qui traversiez la dalle funéraire,
De mon coeur ulcéré, déchirement cruel,
Vous n'étiez que rosée et doux présent du ciel,
Comparés aux douleurs d'une épreuve si haute !

JACQUELINE PASCAL.

Nous ne pleurions alors que notre propre faute ;
Sur nous pèse en ce jour un bien autre fardeau.
Dites *Confiteor*, moi, je dirai *Credo!*
Et que Dieu nous entende et sauve la patrie,
Car c'est pour tout un monde à cette heure qu'on prie!

BOSSUET.

Nunc erudimini vos qui judicatis
Terram!

LA FRANCE:

Miserere mei de profundis!

SAINTE GENEVIÈVE , *dans le ciel.*

France, dans la poussière abaisse ta couronne ;
Pleure, toi que la mort de partout environne ;

Aux pieds de l'Éternel courbe ton noble front !
Mais jusque dans le deuil, la misère et l'affront,
Jusque dans la détresse et l'horreur qui t'assiégent,
Ne désespère pas, les anges te protégent.
Jeanne et moi, nous veillons d'en haut sur ton destin.
Ce qui n'a pu, jadis, s'accomplir au matin,
Alors que brille au ciel l'étoile messagère,
Quand tu naissais au monde et que, pauvre bergère,
N'ayant que ma quenouille aux mains pour étendard,
L'esprit du Dieu vivant éclaira mon regard
De ce rayon soudain qui ranime et relève ;
Ce que Jeanne plus tard empêcha par son glaive,
Ta descente au sépulcre après ta mise en croix,
Ne s'accomplira pas non plus de cette fois !
Dieu ne veut point la mort de sa belle guerrière.
Arrêtée un moment au plein de ta carrière,
De tant d'émotions, de luttes, de travaux,
Tu te relèveras pour des exploits nouveaux.
Tu reprendras la tâche où l'esprit te convie :
Aimer, verser à flots la science et la vie,
Grandir dans la lumière et dans le dévouement,
Sera ta récompense après le châtiment.

    Noble France dépossédée,
    Tu revivras dans tes douleurs ;

Sur toi naîtront encor des fleurs,
Terre des arts et de l'idée.

Écoute germer l'avenir
Au sein des profondeurs immenses.
Là s'élaborent des semences
Que nul ne peut anéantir.

Sur ce trésor qui s'amoncelle,
Les ravageurs perdent leur droit,
Le métal durcit, l'épi croît,
Et le diamant étincelle !

Et plus tard, un jour, sur tes morts
Par milliers couchés dans la plaine,
Quand aura poussé l'herbe vaine,
Quand tout se taira dans les forts,

Qui sait si les mères assises
Sous les grands bois renouvelés,
Parlant de ces temps écoulés,
Aux générations promises,

Ne diront pas : « Ces jours sont loin,
Et j'entends encor leur tonnerre....
Mais le châtiment régénère,
Et la France en avait besoin. »

Alors tout ce passé maudit, expiatoire,

Ne t'apparaîtra plus aux jours de ton histoire

Que comme ces dessins d'Holbein ou de Giotto

Effacés par le temps dans un *campo santo.*

Et de ce songe affreux à jamais renaissante,

Tu béniras la force en toi reverdissante,

Et les cieux aujourd'hui de ta misère émus.

CHŒUR DES ANGES.

Gloria in excelsis!

LA FRANCE.

Te Deum laudamus!

HÉLOÏSE

« Les Folies–Dramatiques nous ont
donné hier *Héloïse et Abélard*, pièce
et musique étourdissantes de gaieté, suc-
cès bœuf! Quelle inépuisable source de
vraies cascades que toutes ces légendes
du bon vieux temps! »

(*Bulletin des Théâtres*, oct. 1872.)

I

Reprenons l'ancienne romance,
Plus de regrets;
Et que la fête recommence
Sur nouveaux frais!

Quelle critique absurde et niaise,
Quel sot railleur,

Venait nous soutenir la thèse
  D'un art meilleur !

Nous fûmes battus, nul n'en doute,
  Hélas ! et c'est
Deux provinces qu'il nous en coûte,
  Chacun le sait ;

Nous eûmes la Commune ensuite,
  Et ses bandits ;
Qu'on pleure, mais qu'on fasse vite ;
  Je vous le dis,

C'est justice ; rien dans ce monde,
  Qui passe et fuit,
N'est éternel ; l'orage gronde,
  Le soleil luit ;

Et quand l'arc-en-ciel se déploie,
  Dans l'air plus bleu,
Il faut bien se remettre en joie
  Et rire un peu !

II

Rire, de quoi ? plaisir étrange,
Charmant régal,
Travestir, traîner dans la fange
Tout idéal !

Faire la solitude sombre
Aux champs du beau,
Ne pas laisser tranquille une ombre
Dans son tombeau !

Multiplier les abattages
Sur le chemin,
Profaner tous les héritages
Du genre humain !

Sur tous ces flambeaux de la vie
Étincelants,
Qu'on se passait, l'âme ravie,
Depuis mille ans,

Voir poser l'éteignoir célèbre,
　　Singulier jeu,
Drôle peut-être, mais funèbre,
　　J'en fais l'aveu.

III

Elle eût mérité, quoi qu'on dise,
　　Un peu d'égard,
Cette légende d'Héloïse
　　Et d'Abélard!

Cet illustre amour où s'allie
　　Tant de savoir,
Ces pleurs, cette mélancolie,
　　Ce désespoir,

Ces résignations suprêmes,
　　Ces Paraclets,
Ces cloîtres, ces sépulcres, thèmes
　　A vils couplets!

Doux noms que notre siècle offense
　　Qui le croirait?

Jadis le peuple, dès l'enfance,
    Vous révérait.

On les voyait, comme à l'église,
    Gens des faubourgs,
Se rendre au tombeau d'Héloïse
    A certains jours;

Et de roses et d'immortelles,
    Pieusement,
Parsemer les riches dentelles
    Du monument!

Qu'était pour eux cette patronne
    Qu'un peuple entier
Venait ainsi de sa couronne
    Glorifier?

Le savaient-ils? Servante ou dame,
    Non, Dieu merci;
Nul de ce qu'elle était, dans l'âme,
    N'avait souci.

Mais les plus grossiers, parlant d'elle,
    Tombaient d'accord

Que son cœur fut tendre et fidèle
    Jusqu'à la mort.

Voilà comment la foule éprise
    Jadis parlait
De cette adorable Héloïse
    Du Paraclet.

Elle aimait, elle fut aimée,
    Qu'importe après ?
Qu'elle vive heureuse, embaumée
    Dans nos regrets !

Qu'à toi nos vœux, ombre adorable,
    Montent toujours ;
Héloïse, sois favorable
    A nos amours !

IV.

Et c'est elle qu'on prostitue,
    A grand succès,
C'est ta légende que l'on tue,
    Peuple français !

C'est ton Héloïse, la tienne,
    Entends-tu bien?
Celle dont tu chantais l'antienne;
    Vieux faubourien;

Celle à qui ta fille Thérèse,
    Avec des fleurs,
Rend visite au Père-Lachaise,
    Dans ses douleurs.

Nous, gens d'étude et gens du monde,
    On nous a pris

Notre belle écolière blonde
    Du vieux Paris;

La blanche étoile qui se lève
    Dans le brouillard
Du mont de Sainte-Geneviève
    Sur Abélard,

L'être suave et séraphique,
    Au front charmant,
Au cœur de flamme, au magnifique
    Entendement;

Notre Juliette savante,
    Qui sut oser;
Et puis mourir sans épouvante
    De son baiser!

Mais toi, pauvre peuple de France,
    Tu ne vois pas
Que c'est là ta propre croyance
    Qu'on jette à bas,

Ta conception, ta légende,
    Ton fabliau;

Qu'on bafoue et qu'on vilipende
Sur ce tréteau !

C'est ton Héloïse mystique
Des anciens jours
A qui s'adressait le cantique
De tes amours ;

Celle que ta fille et ton gendre,
Dévotement,
Venaient tous deux à témoin prendre
De leur serment !

Et tu goûtes ces belles choses,
Peuple badin,
Et tu vas piétinant les roses
De ton jardin !

Ton dernier idéal honnête,
On le flétrit,
Et tu prends part à cette fête
Des gens d'esprit ?

V

Mais, l'idéal ! que signifie
    Ce vieux paillon ?
Art, science, philosophie,
    Religion,

Histoire, songes des poëtes,
    Vaillants exploits,
Sujets à mettre en opérettes,
    Thèmes grivois !

La vie est flamme fugitive,
    Jeu d'opéra,
Rien n'est arrivé, rien n'arrive,
    N'arrivera !

Rions donc en notre infortune,
    Et rions bien,

Puisque tout passe, et la Commune,
 Et le Prussien!

Un gai directeur de théâtre,
 Voyant un soir
Pleurer une actrice folâtre,
 Voulut savoir

Le motif de sa peine amère;
 Dans un sanglot,
L'enfant dit : « J'ai perdu ma mère,
 Monsieur, tantôt!

— Bien, ma fille », répondit l'homme
 De tant d'esprit;
Puis, deux ou trois jours après, comme
 Il la surprit

Tout en larmes, près d'une porte :
 « Ah çà, merci!
Vas-tu, tant qu'elle sera morte,
 Pleurer ainsi? »

Plaisir qui dure et douleur brève,
 Voilà le beau;

D'ici que la France se lève
De son tombeau ;

Bien du temps passera, — n'importe !
Voulons-nous, quoi ?
Pleurer tant qu'elle sera morte ?
C'est trop, ma foi !

Assez d'invasions barbares ;
Assez de maux ;
Voici longtemps que nos guitares,
A vos rameaux ,

Saules sacrés de Babylone ,
Pendent, hélas !
Retirons-les, que l'air résonne
De nos hourras !

Et dans ces murs troués de balles ;
Rapatrions,
Au bruit éclatant des cymbales,
Nos histrions !

NOS SÉVIGNÉS

—

I

Souvent trop de naissance gêne,
    Il n'est donné
Qu'à peu d'être Julie Angène
    Ou Sévigné ;

Pour être Éléonore d'Este,
    Il faut beaucoup :
La dignité, le ton, le geste,
    Et puis le goût !

Pour le goût, je sais qu'on s'en pique
    Jusqu'au travers ;

On peint, on aime la musique,
            On fait des vers ;

On a clartés sur toute chose ;
            Grands et petits,
Tous les noms servent à la glose,
            Au cliquetis ;

On tient pour œuvre obligatoire
            D'aller s'asseoir,
Le dimanche, au Conservatoire,
            En velours noir.

Ce n'est pas que le sacrifice
            N'ennuie un peu ;
Mais on va là comme à l'office,
            Pour le bon Dieu !

Quant au diable, c'est autre histoire ;
            A celui-là,
Tous les honneurs, toute la gloire,
            Tout le gala !

C'est lui qu'on veut, qui vous attire,
            Son art à lui

Au moins n'a rien de la satire,
        Ni de l'ennui,

Il est aimable, il est bon prince;
        A tout moment,
Il vous prend la taille et la pince
        D'un air charmant.

Beethoven et ses symphonies,
        Gluck et Mozart,
Tous ces héros, tous ces génies,
        Tout ce grand art,

Il faut au sérieux les prendre,
        Les écouter,
Faire semblant de les comprendre,
        Les respecter!

Car ils vous respectent eux-mêmes,
        Et de si haut!
Ils ont tant ces grâces suprêmes
        Du *comme il faut*,

En leur présence olympienne,
        Que force est bien

De se montrer patricienne
　　Dans son maintien !

Mais parlez-moi de ces théâtres
　　Un peu lointains
Où fleurissent les jeux folâtres
　　Et clandestins,

Où, quand le monde un soir vous livre
　　La liberté,
Vite on court s'amuser et vivre
　　De son côté !

L'époux allume son cigare,
　　Et sort à pied ;
Au clavier, où sa main s'égare,
　　Elle s'assied ,

Joue un moment à l'aventure,
　　Puis tout d'un trait
Sonne, demande une voiture,
　　Et disparaît !

Dans son cachemire roulée ,
　　Cachée à tous,

Elle vole, ardente, affolée,
　　Au rendez-vous.

Le spectacle est le point de mire,
　　L'attrait public;
On va voir les *Turcs*, on va rire
　　A *Chilpéric!*

La *Princesse de Trébizonde*
　　Et les *Brigands,*
Où trouver des airs en ce monde
　　Plus élégants?

C'est frais et pur comme la brise,
　　Et si badin!
On se croirait presque à Venise,
　　Dans ce jardin

Que hantent Jessica la brune
　　Et son amant,
Tandis que sur les fleurs la lune
　　Dort mollement,

Et que parmi les aubépines
　　Et les jets d'eau,

Au grincement des mandolines,
    Chante un rondeau !

Oh ! la musique honnête et douce,
    L'heureux concert !
Des violettes plein la mousse,
    Le ciel ouvert,

Un couple amoureux qui soupire
    A l'unisson !
J'en sais qui préfèrent Shakspeare
    Et sa chanson ;

Mais il faut être de son âge,
    L'âge est si grand !
On est lancée, il faut qu'on nage
    Dans le courant.

Eh bien ! non, on vous calomnie,
    Non, vive Dieu !
Cette honteuse Polymnie
    De mauvais lieu

Ne vous a point si fort séduites ;
    Non ! tout cela

Ne vous plaît point tant que vous dites :
            Le vice est là

Plus que le méchant goût encore,
            Et c'est raison
De s'écrier, comme le More :
            « Corruption ! »

Car cet art, sans qu'on en convienne
            A haute voix,
Unit Clitandre à Célimène,
            En tapinois ;

Il est bon diable et bon apôtre,
            Fait des métiers
Que certes ne ferait pas l'autre
            Si volontiers !

Il a des loges fort proprettes,
            Qui, se grillant,
Cachent aux foules indiscrètes
            Belle et galant ;

Et tandis qu'il mène sa fête,
            Et nous rend sourds,

On est toute à son tête-à-tête,
A ses amours!

Amours d'un soir, délice extrême,
Rire effronté,
Qui trouve en son audace même
L'immunité!

Ainsi, plusieurs fois par semaine,
Voyez le jeu,
Ce beau spectacle nous ramène
Au même lieu.

Toujours la même drôlerie
Pour s'égayer,
La même loge, où seul varie
Le cavalier.

Mais celui-là, disons qu'il change
Comme un vrai *truc* :
Avant-hier un agent de change,
Ce soir un duc,

Et demain, ô secret des choses
Et de l'amour!

Demain; le pitre en maillots roses
Aura son tour!

II

Avez-vous vu, dans une illustre fresque,
Ce violoneux
De Hans Holbein, — un squelette grotesque,
Louche et cagneux?

Debout à l'œuvre et raclant son vieux sistre,
La tête en eau,
Il exécute un rigodon sinistre
Sur son tonneau.

Tout à l'entour l'humanité s'agite
Éperdument,
Chacun se hâte, abandonnant son gîte,
Vers l'instrument.

Rustre, bourgeois, empereur, fille et dame,
Moine, valet,

Les voilà tous plongés de corps et d'âme
          Dans ce ballet.

« Trémoussez-vous, cavaliers, à vos belles!
          Changeons le pas! »
Et la duchesse au commis des gabelles
          Tend ses beaux bras!

Et la jeunesse au béquillard se livre,
          Et la vertu
Laisse sa coiffe aux mains d'un lourdaud ivre,
          Qui lui dit : Tu!

Et plus rapide en son entrain féroce,
          Plus furibond,
Le rigodon butte contre une fosse,
          Et roule au fond.

Criant, hurlant, à l'horrible débâcle,
          S'ouvre l'enfer,
Sur son tonneau le ménétrier racle
          Toujours son air.

Danse des morts, macabre sarabande;
          Vos temps ont fui;

Il semble encor pourtant qu'on vous entende
Presque aujourd'hui !

Le violoneux de la fresque de Bâle,
Si par hasard
C'était aussi cette muse banale,
Cet affreux art

Qui flétrit tout à son immonde haleine,
Gouverne tout,
Entremetteur, sur sa tonne d'or pleine
Toujours debout,

Réunissant dans une ligue indue,
Dans un tripot,
La grande dame et la fille perdue,
Qui parle argot !

Chassez, croisez, superbes perverties,
Fusionnez ;
Ne cachez plus vos belles sympathies,
Tourbillonnez !

Distinction, classes et rang, vieux rêve
Mystifiant ;

Il n'est ici rien que des filles d'Ève
   Communiant!

Le violoneux sur son tonneau fait rage,
   Trémoussez-vous,
Dansez, Willis, chantez avant l'orage,
   Le ciel est doux;

Au bois déjà poussent les anémones;
   Multipliez,
O blanches sœurs, échangez vos couronnes
   Et vos colliers,

Enlacez-vous dans la même guirlande,
   Vivez, tout fuit,
Et c'est la loi que toujours on s'amende
   Quand vient la nuit.

La nuit pour vous sera morne et livide,
   Et je vous plains,
Nul idéal pour combler ce grand vide
   Des cœurs éteints!

Lourde en ces temps pèsera l'atmosphère,
   J'en jurerais,

Nul souvenir du bien qu'on a pu faire,
Ennuis, regrets!

Car vous n'aurez à ces heures maussades,
Sous l'œil de Dieu,
Que l'écho sourd des lointaines *cascades*,
Et c'est trop peu!

OMBRES CHINOISES

Tout n'est-il qu'un jeu?
Qu'est-ce donc, mon Dieu,
Qu'on nomme
Le bien et le mal?
Quel triste animal
Que l'homme!

Féroce, à tout coup,
Renard, hyène et loup,
Vandale!
Invoquant le ciel
N'importe pour quel
Scandale!

Justice, quel est
L'acte ignoble et laid,
   Le crime,
Que n'ait ce démon,
Couvert de ton nom
   Sublime?

Chacun à son tour,
Provoquant un jour,
   La fête;
De sang enivré,
Dit : « Je suis le vrai
   Prophète!

« A ses ennemis,
Dieu qui m'a commis,
   M'envoie.
Leurs palais fameux,
J'en ferai des feux
   De joie;

« Car civiliser,
C'est tout écraser,
   Tout prendre;

Bombarder, piller,
Brûler, fusiller
   Et pendre ! »

Barbare ! et qui donc
A reçu ce don
   Suprême
De ne l'être point ?
Voyons, sur ce point,
   Nous-même.

Les Chinois subtils,
Comment jugent-ils
   La France,
Ses soldats félons
Et ses pantalons
   Garance?

Lord Elgin et nous,
A ces bons Mandchoux,
   Rebelles,
Jadis, en effet,
Nous en avons fait
   De belles.

Insultant, pourquoi?

Leurs mœurs et leur foi,

Leurs codes;

Comme des voleurs

Nous dévastions leurs

Pagodes;

En vrais Wisigoths,

De nos chassepots[1]

Féroces,

Sur leur front rasé,

Nous avons brisé

Les crosses;

Nous et les Anglais

Brûlions leur palais,

Leur jonque,

Tuant, ravageant,

Et ne ménageant

Quiconque;

---

1. Voici, par exemple, un anachronisme que la rime se char-
gera d'excuser, l'auteur ne pouvant ignorer que les chassepots
ne furent inventés qu'en 1866, c'est-à-dire sept ans après la
guerre de Chine, et quelque temps avant Mentana, où, comme
on sait, ils firent merveilles.

Leurs dragons ailés
Se sont envolés,
De rage;
Du grand Occident.
C'était cependant
L'ouvrage;

Il serait donc bien,
Au pays chrétien,
Mes frères,
Savoir des magots
Leur avis sur nos
Lumières!

NATURA NATURANS

O monde, affreux pays de misère et d'intrigue,
    Plein de trouble et d'effroi,
Où l'on meurt sans espoir, où vivre vous fatigue,
    O monde, laisse-moi!

Assez de tes plaisirs, de tes bruits, de ta lutte,
    De tes retours soudains;
Assez de tes chansons, de tes vieux airs de flûte
    Et de tes baladins!

J'ai couru trop longtemps tes marchés et tes foires,
    Tes spectacles, tes cours,

Pour ignorer encor ce que valent tes gloires,
    Ainsi que tes amours.

Par tes ambitions, tes pompes et tes leurres,
    Que les autres soient pris;
Je connais tes refrains, je sais comment tu pleures,
    Je sais comment tu ris!

Je sais quels désespoirs dérobent tes ivresses
    Et tes félicités,
Et de quel prix on paye aux heures vengeresses
    Toutes tes vanités.

J'ai touché le néant des choses qu'on admire,
    Et, souvenir amer,
Au fond du vase d'or d'où s'exhalait la myrrhe,
    J'ai vu ramper le ver.

Je sais ce que la joie a de mélancolie,
    De succès, de combats,
Et que tout ce qu'on aime un instant, on l'oublie,
    Quand on ne le hait pas!

Quel que soit le tissu, je sais ce qu'en vaut l'aune;
    J'ai vu des mandarins,

A bouton de cristal rose, bleu, vert et jaune,
    Et ne les ai pas craints !

Tant de grandeur m'ennuie, et de pompe m'assomme
    Et trouble mon repos,
Et je suis fatigué, lorsque je cherche un homme,
    De trouver un héros !

Héros, comédiens, histrions, dont les farces
    Coûtent des milliards :
Masques de tous côtés ; Robespierres comparses,
    Charlemagnes bâtards !

Rien où se ressaisir, pas une étoile, un phare !
    Et quand gémit le glas,
Des gens assez hardis pour sonner la fanfare,
    Et rire à grands éclats !

Tout l'ancien attirail sur ce vaisseau qui sombre
    Au gré des éléments ;
Les joyeux *cascadeurs* et des filles sans nombre,
    Avec leurs diamants !

Et la vieille ironie, au feu qui sous la cendre
    A tout le temps couvé,

Rallumant son cigare éteint pour nous apprendre
    Que rien n'est arrivé !

O monde, laisse-moi ! Que mon âme nourrisse
    Une lueur de foi.
Et toi, des affligés sainte consolatrice,
    O Nature, prends-moi !

Dans tes immensités et dans tes solitudes,
    Dans tes baumes puissants,
Régénère mon cœur brisé de lassitudes,
    Et retrempe mes sens !

Permets que je m'abreuve à tes coupes profondes,
    Et m'enivre à longs traits
Des pourpres de ton ciel, de l'azur de tes ondes,
    Du vert de tes forêts !

Montre-moi tes splendeurs, tes lois, tes harmonies,
    Roule-moi dans ton sein ;
Et que tes océans lavent les ironies
    De ce monde malsain.

Que je boive l'oubli dans tes électuaires,
    Déesse, ô blanche Isis !

Promène-moi partout, et dans tes sanctuaires,
    Et dans tes oasis !

Parle, enseigne, dis-moi ce qu'en ces thébaïde
    Où tu les conduisais,
Aux hommes du désert, émus, troublés, avides,
    _Autrefois tu disais!

A ces Basile, à ces Antoine, à ces Jérôme,
    Tous affamés d'exils,
Que leur enseignais-tu? — Par delà ton royaume,
    Eux, qu'entrevoyaient-ils?

Perdus, anéantis dans l'extase suprême
    Et le pressentiment,
Adoraient-ils en toi le grand tout, l'Être même,
    Ou son rayonnement?

Que leur prêchaient tes voix à ces âmes sublimes,
    A ces esprits de feu?
Et que te disaient-ils, penchés sur les abîmes,
    En te parlant de Dieu?

Raconte-moi leurs nuits que hantait l'épouvante,
    Et les doutes affreux

Que la contagion de la cité savante
    Avait soufflés sur eux !

Et dis, par quels secrets, immortelle sibylle,
    Tu les en as guéris;
Car c'est le même mal, atroce, indélébile,
    Qui ronge nos esprits !

« C'est moi qui suis Pia de Tolomeï, Sienne
    Me fit en un beau jour,
Puis l'horrible Maremme, hélas! qu'il t'en souvienne,
    Me défit à son tour ! »

L'âme humaine est pareille à cette grande dame
    Du chantre florentin :
Elle naît dans l'air pur, la lumière et la flamme,
    Et l'azur du matin.

Elle reçoit la vie et la divine essence
    Du chrême baptismal.
Tout n'est d'abord que grâce, harmonie, innocence;
    Mais plus tard vient le mal.

De sa limpidité le frais miroir se ride.
    Sur ce qui vient du ciel,

Le milieu social souffle son air putride
   Et pestilentiel;

De la pauvre Pia la Maremme s'empare,
   Le venin l'entreprend,
Son cou penche, son front blêmit, son œil s'effare,
   Elle s'en va mourant ;

Et c'est alors à toi, souveraine Nature,
   Par tes nombreux détours,
De ramener à Dieu cette âme où l'imposture
   Régnerait pour toujours!

BEATITUDO IN INTELLECTU

A. G. DE M.

« Essentia Beatitudinis in actu
intellectus consistit. »

Saint Thomas d'Aquin.

Amitié, conte bleu, sublime raillerie,
Roman de Table ronde et de chevalerie ;
Damon et Pythias, Euryale et Nisus ;
Des types enchanteurs par l'esprit seul conçus,
Beaux, jeunes, séduisants, dévoués, ineffables,
Des idéalités, des merveilles, des fables !
Vous et moi, des amis, nous en avons eu cent,
La chair de notre chair, le sang de notre sang,
L'intérêt et l'orgueil de notre âme ravie ;
Ils nous aimaient, nous les aimions, et notre vie
S'est passée à les voir disparaître et s'enfuir,
Ne laissant après eux qu'un vague souvenir,
Semblable à ce parfum dont, après une année,
L'urne qui le contint reste encore imprégnée.

16

L'ambition, les jeux du hasard, de l'amour,
Les avaient dispersés, ces compagnons d'un jour;
Les oiseaux du matin qui chantaient dans la nue,
Étaient rentrés sous bois avant la nuit venue;
Où sont-ils maintenant ces donneurs de concerts?
Cherchez-les; quelques-uns ont traversé les mers,
D'autres, benoîtement, ont fait leur nid à l'ombre,
Et là vivent cachés sous le feuillage sombre
Sans plus se soucier de nos bruits, de nos pas;
Quant à ceux qui sont morts, on ne les compte pas!

Malheur à qui va seul! dit l'antique sentence.
Qui ne voudrait d'amis peupler son existence?
Qui n'a rêvé cent fois de ce bel oiseau bleu?
Amitié! Je l'ai fait ce songe, palsambleu!
Et m'en suis mal trouvé, l'illusion passée.
Que du tourment d'amour mon âme soit pressée,
Ce mal-là n'a qu'un temps, et la femme, d'ailleurs,
Est le serpent d'Éden caché parmi les fleurs,
L'être démoniaque et changeant, la syrène;
On me l'a dit assez pour que je m'en souvienne.
Mais dans cette union sublime, d'où les sens,
L'ivresse, les dégoûts, les rêves sont absents,
Où le cœur reste calme et la raison intacte,
Dans ce lien viril et cet auguste pacte,

Conclu loin du caprice et de la passion,
Avoir à reconnaître aussi l'illusion,
Quelle mélancolie et quelle sombre histoire !
Et comment désormais recommencer à croire,
Comment après un coup si noir et si cruel
Renouveler l'épreuve?

Il n'est deuil éternel.
On s'y reprend pourtant, et la branche cassée
Par une autre plus ferme est un jour remplacée.
Arrachez un rameau de ce bel arbre d'or;
Écrit Virgile, un autre y va pousser encor,
Tant la vie en nos cœurs est puissante et profonde,
Tant ce besoin d'aimer qui gouverne le monde,
Cette suprême loi d'un destin grave et doux,
Nous force à refleurir même en dépit de nous.

Qui sait vers quels sentiers nos âmes sont guidées!
Éternels voyageurs au pays des idées,
Nous devions, vous et moi, nous rencontrer un jour
L'Histoire nous tentait et nous rôdions autour,
En deviser souvent nous devint habitude,
Nous cherchions pour chercher, vrai plaisir de l'étude,
Car, pour la vérité, c'est l'anguille, je crois :
Tel pense la tenir qui n'a que sable aux doigts.

Le grand seizième siècle, et puis le dix-septième,
Nous n'en finissions pas — toujours nouveau problème !
Montaigne et Rabelais, Henri-Quatre et Biron,
Le roi Louis-Quatorze et la veuve Scarron,
La blonde La Vallière à la tête penchée,
Parmi les lis royaux violette cachée,
Et Junon-Montespan qui l'écrase du pied :
Quoi de plus enchanteur, quand un sujet vous sied,
Qu'y revenir sans cesse en belle compagnie !
Rappelez-vous ce vers d'une grâce infinie,
Que Françoise en fuyant jette dans un sanglot
Au vieil Alighieri : « L'auteur fut Lancelot,
Et nous ne lûmes pas ce jour-là davantage. »
Nous, c'était le contraire, et nous creusions la page,
Cherchant et furetant les coins les plus secrets,
Attentifs, curieux, parfois même indiscrets,
Et les affinités aidant et la nature,
Il advint qu'un beau jour, de la littérature
Naquit une amitié qui s'affirme et grandit,
Comme si le chemin du cœur, c'était l'esprit !

TABLE

—

17

A PARIS

DES PRESSES DE D. JOUAUST

Imprimeur breveté

RUE SAINT-HONORÉ, 338

www.ingramcontent.com/pod-product-compliance
Lightning Source LLC
Chambersburg PA
CBHW052004020726
47501CB00004B/1004